臺南作家作品集 第 14 輯

拾萃

陸昕慈 著

| 市長序

綿延如溪，潤物無聲

　　臺南，一座歷經漫長歲月的城市，自歷史的洪流中沉澱出豐厚的人文氣息。從先民篳路藍縷、拓墾立業，到今日巷弄街市間依然可見的傳統風華，這裡的一磚一瓦、一草一木，皆蘊藏著故事，也孕育著靈感。臺南的文學，正是在這樣的土地上生根、抽芽、茁壯，代代相傳，生生不息。

　　今年「臺南作家作品集」第十四輯隆重出版，每一部作品都是作家心血的結晶，也像是城市脈動的縮影，凝聚了地方記憶與當代情感。自二〇一一年首度發行以來，「作品集」持續擴展與深化臺南的文學風景，也見證了書寫者與讀者之間溫暖的交流。

　　臺南文學的可貴之處在於兼容古今，包納多元。不論是書寫歷史歲月的悠遠回聲，還是描摹當下人們生活的細膩觸感，這些文字如同溪流，涓涓細潤，悄悄滋養著城市的靈魂。臺語與華語交織，散文、小說、劇本、評論並陳，正是這種豐富而

自在的創作活力，使臺南文學在臺灣文學版圖上綻放獨特的光采。

　　長年以來，臺南市民之珍愛土地、歷史與文化素享盛名，作家亦以筆為橋，連結古今，將府城的光影、街巷的聲音、市井的喜怒哀樂，化作動人的篇章。他們的作品不僅記錄時代，也撫慰人心，讓人在文字間感受土地的溫度與城市的呼吸。

　　我始終相信，一座城市之所以動人，不僅在於它的建築與風景，更在於它蘊藏的故事，以及代代書寫這些故事的人。今日，「臺南作家作品集」第十四輯問世，正是這份城市記憶與精神的延續與祝福，我們藉此向過去致敬，也替未來播下希望的種子。

　　願「臺南作家作品集」第十四輯的六部作品如春雨潤物，於無聲之中滋養更多心靈；也願臺南文學如溪河，繼續綿延長流，在這一片文化的沃土上世代傳揚。

臺南市 市長　黃偉哲

| 局長序

文學,讓城市發聲
―― 在臺南的光與影中書寫時代

　　如果說一座城市的靈魂可以被看見,那一定是在她的文字裡。文學,總能在日常中挖掘出不尋常的閃光,在時間縫隙裡留下誠實的聲音。

　　對臺南來說,文學不是裝飾,而是與我們生活緊緊交織的氣息,是從廟埕到市場、從巷弄到書桌,一路延伸出來的生命紋理。

　　「臺南作家作品集」第十四輯,是對這份紋理新鮮且精彩的一次描繪。這一輯收錄六位作家的作品,不同的書寫語言,不同的創作形式,但都帶著同樣的熱度與真誠。他們筆下的臺南,或溫柔、或犀利、或懷舊、或實驗,無論題材或語感,都讓人讀來驚喜不斷。

　　我們看到龔顯宗教授回望知識旅程的沉穩與通透,看到蔡錦德以細膩幽默寫下臺南人情的光與影,也看到陳正雄、鄭清和、周志仁三位作家,讓臺語文學在小說中活蹦亂跳、不拘一

格。陸昕慈則用劇場語言與歷史對話，創造出具當代意識的舞台文本。這些作品證明，臺南的文學場域從來不是一條單線，而是如同城市本身，有著無數交錯豐富的可能。

這樣的多樣性，是臺南文學最迷人的地方。它既扎根於本土，也敢於張望世界；既珍惜語言的脈絡，也不害怕形式的突破。在這些作品中，我們聽見臺語的節奏、看見歷史的縫隙，也遇見過去不曾想像的臺南——不只是古老的，也可以是摩登、甚至前衛的。

文化局推動「臺南作家作品集」，不是為了將文學「典藏」，而是希望讓它成為流動的能量，走進書店、進入學校、走進社區，在各種日常中被閱讀、被討論、被喜歡。我們更期待，它能激起更多創作者投入文字的創造，讓寫作成為臺南文化生命的日常運動。

讓文學繼續發聲，讓臺南被更多人看見、讀懂。這是一座城市送給自己的情書，也是一場永不止息的文化行動。

臺南市政府文化局 局長　黃雅玲

| 主編序

文學長河

王建國・臺南大學國語文學系教授

　　臺南，向來是臺灣文學與文化的首善之地：人文薈萃，作家輩出；老幹新枝，生生不息；古往今來早已匯聚成一道文學長河。夏日午後，豔陽高照，文化局召開臺南作家作品集編輯會議，巧合的是，七月十六日，也是一個很有歷史性及紀念性的日子：一九二○年的這一天，《臺灣青年》雜誌在東京正式發行，後來即便迭經不同經營形態及更名：《臺灣》、《臺灣民報》（半月刊、旬刊、週刊）、《臺灣新民報》（週刊、日刊）……，都是當時臺灣文學與文化的重要園地，而本年度「臺南作家作品集」，繼往開來，也將成為臺南文學長河中，一道波光瀲灩的美麗風景。

　　本屆「臺南作家作品集」推薦與徵選作品共計九冊，一致獲得評審委員肯定與青睞，只是，受限於結集冊數，不免有所割捨，最後在評審委員一一表達意見及充分交流後，極具共識

地——異口同音！——選出推薦作品：《拾遺集》與徵集作品：《每個晨讀都是簡樸的邀請》、《毋‐捌‐‐ê》、《再來一杯米酒》、《司馬遷凝目注視》、《拾萃》共六冊；深具文類（含括：散文、小說、劇本、評論）及語體（中文與臺語）的代表性與多元性。

龔顯宗先生《拾遺集》：龔教授集作家與學者於一身，出入古今，著作極為豐厚而多元，同時也是臺南文學與文化重要推手，曾獲第十三屆府城文學特殊貢獻獎。〈自序〉稱述學思歷程及說明各文來源，同時有得意門生許惠玟研究員對其學術之詳實評介，內容主要分成三卷及附錄，收錄早年罕見的文藝創作與學術研究彙編（沈光文的相關研究、梳理《池上草堂筆記》、〈西灣語萃〉選錄經典人生話語集錦並附上個人解析……）、出國講學、首屆世界漢學會議紀實等珍貴成果，見證其從文藝青年一路走來，成為桃李滿天下、卓然有成的學者專家；而不論其角色身分如何轉變，始終鍾情於文字、文學與學術。

蔡錦德先生《每個晨讀都是簡樸的邀請》：當中篇章多為副刊發表之作，質量均佳。內容分「寶島家園」、「心儀人物」與「海外旅情」三輯，係對個人生活周遭人、事、物（包括：

文學經典的反芻、旅遊名勝的感懷、人類文明的思索……）的諸多體驗、觀照與省思，閱讀廣泛，且閱歷豐厚，整體而言，文筆流暢、雋永可讀，加以內容幽默詼諧、溫馨真摯，可謂現代小品文。

陳正雄先生《毋-捌-ê》：共收錄十篇臺語小說，包含三篇文學獎得獎作品。內容多取材個人成長經驗及鄉里故事，具個人傳記暨家族敘寫之意義，同時呈現一定地方色彩，語言流暢，故事動人。

鄭清和先生《再來一杯米酒》：題材內容質樸，或「寫市井小民生活的悲苦與無奈」，或「寫女性，為苦命的女性發聲」，多呈現臺灣早年生活經驗，作者擅長敘寫鄉里小人物的情感及生活點滴，其中，〈無限的黑〉以華語為主調，間亦融入生活化臺語語彙，情節緊湊，可讀性高。

周志仁先生《司馬遷凝目注視》：內容分甲編：「眾生的年輪」與乙編：「回歸質樸的所在──鄉土篇」，為歷來獲獎暨刊登作品之結集。小說技巧純熟，行文敘寫及創作內容，多帶有《莊子》、《金瓶梅》、唐傳奇……等古典文學色彩，且能從中翻出新意。〈司馬遷凝目注視〉猶如一闋臺灣史詩，

與臺南也有深厚地緣關係，就題旨而言，作者或有意以史家之眼、之筆，鳥瞰與書寫臺灣歷史發展。

陸昕慈女史《拾萃》：主要收錄曾獲文化局及國藝會委託或補助之六部轉譯╱改編臺南歷史文化劇本（含三部布袋戲劇本），並於二〇一五至二〇二三年間實際演出，題材內容多元，裨益地方文化發展，尤其，此間搭配作品影音連結（QR Code），更有助於案頭戲與舞台演出之相得益彰。

去年，「臺南四〇〇」在大街小巷熱鬧展開，當時結集成冊，正好躬逢其盛趕上這波文化熱潮，而今年付梓面世則又恰逢「府城城垣三〇〇年」；其實，不論四百年抑或三百年——不能不說，也不得不說，臺南文化確實底蘊豐厚——這次出版各冊作品裡面也富含其元素，有興趣的讀者，不妨隨著作品裡的文字細細尋覓，相信定當有所收穫，而亞里士多德（Aristotle，三八四 B.C. 至三二二 B.C.）稱「詩（文學）比歷史更真實」，說不定也能從中發現更具本質與意義的內涵，同時享受閱讀與思考帶來的諸多樂趣。

目次

市長序		002
局長序		004
主編序		006
《拾萃》・簡介		012
【劇本一】	海江湧 —— 咱的日子	017
【劇本二】	竹夢歸人	069
【劇本三】	台江向望	105
【劇本四】	府城傳奇 —— 靖海狼煙	143
【劇本五】	府城傳奇 —— 戰火波瀾	197
【劇本六】	戲說 海尾宋江陣	237

《拾萃》‧簡介

劇本的閱讀方式與一般文學作品不同。

劇本,是藉由文字敘述去建構、組織一齣活的戲劇,因此有許多文字描述需要搭配讀者、導演的想像力,才能躍然紙上。

劇本的書寫方式也因應時代改變,從傳統的純對白話劇,跨越到多媒體時代,如何讓舞台、人物、影像、音樂、舞蹈、傳統藝術……等當代的多元媒材在劇本上做出融合、兼顧演出時的效果,成為現代編劇值得思考的課題,也影響了不同的創作書寫形式。

本劇本集,集合多元的舞台劇,收錄 2019 台江文化中心開館大戲、2022 歸仁文化中心開館大戲、2023 台江 200 年紀念戶外大戲,共三齣戲的原著劇本,加上三齣與台南歷史文化相關之原創布袋戲劇本,以悠遠歷史結合當代視角,重新回顧 400 年來的台灣。

簡介

　　本書呼應「台南 400 文化記憶」，收錄六個由台南文化歷史改編創作之劇本，分別於 2015-2023 年間演出，其中三齣為臺南市政府文化局委託製作之新創多媒體舞台劇，三齣獲國家文化藝術基金會或臺南市政府文化局獎補助之原創歷史布袋戲。

海江湧 —— 咱的日子

　　原為滄海，化作桑田，多溪多水，大風大雨卻湧出台江人堅毅的生命力。整座台江劇場，就是一個記憶博物館，柑仔店、女工廠、化工廠、學堂、廚房、鹽田、海灣、廟埕、院子⋯展現劇場無限的可能，述說台江人的故事，呈現許許多多屬於你我共同回憶的日子。

竹夢歸人

　　將戲劇結合傳統音樂，讓歷史影像投影帶領觀眾感受古新豐區的意象，再加入藝陣、布袋戲、現代舞、微電影⋯等元

素,由台南市立民族管絃樂團演奏不同時代背景、文化意義的曲目,跨越四百年新豐區的歷史、地理、產業、人文,編織一場從過去、現在到未來的夢,期待觀眾不只是過客,而是「歸人」。

台江向望

以「海洋」、「土地」、「香火」、「未來」為主旨,以「溪海交替」、「釘根生湠」、「保境佑民」、「台江向望」作為四大段落的編排走向,使用富戲劇內涵的「舞蹈劇場」為呈現方式,結合燈光、影像、音樂,呈現,營造「浩瀚台江、神興人旺」之氣勢磅礡,將台江數百年人文、特色,華麗匯演。

府城傳奇 —— 靖海狼煙

述說鄭成功、施琅之間的恩怨情仇,首度嘗試布袋戲融合環境劇場概念,以古蹟實景(大南門)為背景舞台,讓戲偶在城樓中走動、對話,呈現布袋戲新型態,演出獲得廣大好評。

府城傳奇 —— 戰火波瀾

　　以真實歷史改編,講述鄭成功部將陳澤英勇善戰、盡忠職守,在動盪的時代與妻子郭蕊相互扶持的故事,而陳德聚堂就是昔日陳澤的府邸,本齣戲選擇在陳德聚堂演出,原創歌曲也搭配古蹟情境,期讓觀眾感受到陳澤與陳德聚堂的前世今生。

台江風雲 —— 戲說海尾宋江陣

　　「沒看過海尾斧,也要聽過海尾鼓」,「海尾宋江陣」有超過百年的歷史,這個武陣的故事要從「海尾開拓史」說起。本劇以布袋戲演繹 1823 年後台江的變化、以及宋江陣保家衛民的點點滴滴。

| 2019 台江文化中心創館大戲

【劇本一】
海江湧 —— 咱的日子

演出地點：台江文化中心

原為滄海，化作桑田，多溪多水，大風大雨卻湧出台江人堅毅的生命力。整座台江劇場，就是一個記憶博物館，柑仔店、女工廠、化工廠、學堂、廚房、鹽田、海灣、廟埕、院子……展現劇場無限的可能，述說台江人的故事，呈現許許多多屬於你我共同回憶的日子。

（註：本戲實際演出時依導演重新解構，與原劇本差異甚大，此為原著劇本）

簡介影片 2 分鐘版：
《海江湧》——咱的日子 Taikang Inner Sea

《海江湧》是屬於台江人的故事，也是咱共同回憶的日子。
台江原為滄海，化作桑田，多溪多水，
蜿蜒的航道曾經繁華，卻被無情的洪患重擊，
大風大雨卻湧出了台江人堅毅的生命力。
數百年來咱的故事，在嶄新舞台上再度傳承。
整座台江劇場，是一個「記憶博物館」，
小阿嬌、是阿嬌、是甚旦嬌、是記憶裡台江女性的樣子。
藉由《海江湧》呈現出那個年代的人們，
對愛情的期待、對家人的期望、對未來的嚮往。
複雜的場景及人物，
娓娓道出台江遼闊幅員下的生活面貌。
一張張來自這片土地的面容，
帶您一起進入那段，海江共湧的日子。

指導單位：文化部
主辦單位：臺南市政府文化局
承辦、製作演出：台南人劇團、阿伯樂戲工場

- 全新演出形式：完全利用台江文化中心空間的「移動式劇場」
- 場次一：所有觀眾於劇場大廳站立觀賞
- 場次二：1/2-3/4/5，「劇場旅行」使用排練場、走道、化妝間……區塊
- 場次三以後：全體回到台江劇場內坐著欣賞
- 建議可有兩種票券：移動式票券與全場入座票券

移動式票卷由五位台江帶路人，分組帶領五組觀眾欣賞 2-1/2/3/4/5 不

劇本一

同場域的演出，全場入座票券則在台江劇場內坐著欣賞場二預錄的五個片段影片。

主場次	場中場	角色
序、迎賓現場		全體表演者
一、我們台江人		全體表演者
二、台江時空旅行 （由引路人帶領） （時序：1960）	2-1 回憶招領處	虱目嬸
	2-2 問路柑仔店	台江伯（里長伯）
	2-3 阿嬌姊妹伴	阿嬌、阿蕊、玉蘭、阿桂、領班阿惠姊
	2-4 阿墾上工廠	阿墾、大頭仔、領班、工人ABCD
	2-5 阿徙倉儲室	阿徙
三、台江日常 （時序：1940）	3-1 小阿嬌練唱	小阿嬌、阿海、其他孩子、老師
	3-2 四草日常	小阿嬌、小阿嬌、阿海、阿公、母親、男孩
四、台江變化 （時序：進入當代）		✗
五、虱目嬸廚房		虱目嬸
六、蚵男烤蚵場		蚵仔、虱目嬸、顧客一群
七、台北都市人		阿家、同事三位
八、回鄉	8-1 故鄉的模樣	阿家
	8-2 香火佑平安	阿家、虱目嬸、陣頭、國樂團
九、歡慶一週歲宴		主要演員們／全體演員

現在	現在	少女時代	引入過去	少女時代	孩童時代	孩童時代→現在	現在
迎賓現場	角色現身	回憶招領處	阿嬌姐妹伴	阿桃練唱	台江變化		虱目嬸小廚房
		記憶問路店	阿捆上工廠	四草日常			台江男烤蚵場
			阿徒倉儲室				我們台江人

⊠ 角色簡介（依出場順序）

01. 引路人五位。

02. 虱目嬸：年約 70-80，堅毅的拉拔兒孫長大的獨居老者，而這齣戲正繞著她的人生經驗轉動。

03. 里長伯（台江伯）：年約 70-80，開柑仔店的老里長，開朗熱情、台語輪轉。

04. 阿嬌：二十多歲，育有兩子且懷胎即將臨盆的年輕媽媽（也許就是年輕虱目嬸）。

05. 阿蕊：十八歲、高商即將畢業、有北上工作的打算、伶俐的高中生。

06. 玉蘭：年近二十，對人生充滿夢想，卻缺乏實踐的動力或勇氣。

07. 阿桂：認份、勤勞的傳統女工，總是聽從父親安排，連婚姻大事也無法掌控。

08. 領班阿惠姊：三十多歲，威嚴且有效率的女工領班，對人生頗有體悟。

09. 阿墾：阿徙之弟，二十出頭化工系畢業，考上台鹼，充滿抱負的有為青年。

10. 大頭仔：二十左右，台鹼公司裡的粗工領班，愛聊天、性格豪爽單純。

11. 領班勇伯：四五十歲，從日本時代就在台鹼的老員工。

12. 工人 A。

13. 工人 B。

14. 工人 C。

15. 阿徙：阿墾之兄，略跛腳、撿回收，辛苦卻怡然地生活著。

16. 小小阿嬌：10 歲左右說話大聲、恰北北的可愛女生（也許是阿嬌、虱目嬸的童年）。

17. 小阿嬌：10 歲左右乖乖的女生。

18. 小阿海：10 歲左右胖嘟嘟愛偷懶愛欺負人的皮孩（對應海伯）。

19. 小蚵男：10 歲左右總是跟在阿海旁應聲的小跟班。

20. 其他孩子數位（孩子們皆可分飾後面阿家教的那群孩子）。

21. 音樂老師：氣質優雅的女老師（可由樂團樂手分飾）。

22. （以下角色可由前面角色分飾）。

23. 阿家：虱目嬸的孫子，二十多歲，畢業後投入職場，對台北工作感到茫然。

24. 蚵仔：二十多歲、黝黑、健談、個性幽默、有夜市叫賣哥的感覺，是個擁有高學歷卻不畏放下身段的返鄉青年。
25. 海伯：長大的阿海，蚵仔的阿公，年約八十，硬朗、健談的台江老人。
26. 海嫂：海伯之妻。
27. 孫媳婦：二十多歲，蚵仔之妻，育有一子剛滿週歲。
28. 里長嬤：七、八十歲，里長伯的妻子。
29. 其他街坊鄰居。
30. 樂團表演群、陣頭表演群……等。

☒ 劇本導讀

一、迎賓現場

劇場大門打開了！

前台大廳化身後台演員梳化間，一座座小型梳妝台亮著燈，環繞整座前台大廳，演員們正在從容梳化。

大廳中央，一排排座椅準備迎接觀眾，現場音樂正為他們演奏。

觀眾們可以或坐或走，經過演員身邊窺視他們化妝的過程、經過服裝區欣賞即將登場的服裝與道具，或駐足聆聽現場樂團，感受零距離的劇場空間；或漫步大廳，先一步發現劇中建構的回憶場景。

流動的迎賓現場，就是一場由觀眾共同參與的美好現場演出。

全體——咱台江人

大廳傳來舞監廣播：演出即將開始。三、二、一，GO。

盛大的舞曲在觀眾面前展開，各色男女老少、不同時代感的角色出

現在觀眾眼前，一同展開一場盛大的歌舞。

屬於台江的記憶，一趟身歷其境的旅程就此展開。

二、「台江時空旅行」劇場╳五

01. 回憶招領處：（跨年代）

回憶招領處裡隨手都是失落的記憶，有 1930 年代常用的包袱布、1950 美援時代的麵粉內褲、1965 年代的唱片（文鶯—爸爸是行船人），可能還有獅子面具、紅蔥頭、健素糖、保肝丸、平安符、紅龜粿的木模、附燈的工地帽、舊報紙，甚至一副魚網……每樣物件，都是一種喚醒「台江記憶」的神秘小物，帶領觀眾打開記憶深處的鑰匙，連結一段又一段台江夢。

02. 問路柑仔店：（跨年代）

里長伯的問路柑仔店，設在大廳中央，問路店可以指引方向，各扇門連通往「台江記憶」的生活場景。竹籠厝柑仔店有源源不絕的台江故事。往下一場景的「時光走廊」，則展出大台江幾百年來的變化，如 1823 年前的台江內海、1823 年的滄海桑田、1823 年後的台江浮陸，以及台江地名的起源與由來……

以下三段時空背景皆發生 1960-70 年代，顯示出台江當時的景況，以及這一代的努力，這些基層人物的奮鬥，正是改變台江的動力。

03. 阿嬌姊妹伴：（1960-70 年代女性的堅韌）

劇場服裝間變身成為傳統家庭式代工廠，更像是島內移民小社會。笑談中，大著肚子的阿嬌肚子痛起來，女孩們七手八腳幫忙，就這樣產下嬰兒，嬰兒啼哭、懷念金曲、代工機台不間斷的嘈雜聲響，編織出台江婦女的生活日常。

04. 阿墾上工廠：（1960-70 年代）

劇場的佈景工廠化身成為台鹼化工廠，大頭仔、阿明、工頭勇伯正在看似複雜的儀器前忙碌操作著，今天是阿墾到台鹼報到的第一天，負責公司的大型計劃：「五氯酚增產」。儘管負責的工作十分危險，但福利好、薪水好，還送保肝藥丸，阿墾對未來充滿希望。

05. 阿徙倉儲室：（1960-70 年代）

劇場陰暗的道具間，阿徙整理著自己滿到幾乎要溢出來的五金攤車。

這台車不只是他的人生，更是台江人共同的生活所需。每天，在台江的大街小巷轉呀轉：「壞窗戶、壞傢俱，拿來買！壞銅舊物拿來賣！……磨剪刀菜刀賣菜瓜布……賣掃帚喔、賣樓梯喔，攏是工廠拿出來賣！……」阿徙的倉儲室，是他的秘密基地，藏著許多台江的秘密。

三、台江日常—轉場（觀眾回到劇場空間）

01. 小阿嬌練唱：

在演員的引導下，時空旅行的觀眾回到劇場空間，接下來的（三）為暖場走向，劇情僅為輔助

觀眾座位區，老師彈著手風琴，孩子們唱歌，以「台江十六寮」的唸謠出發，帶領觀眾在吵鬧玩耍與稚嫩歌聲中進入新的劇場秩序。

02. 台江囡仔：

以下幾場小戲分別位在不同的位置，劇情只是輔助，以虛的意象為主。

- 阿嬌　　曬麵線
- 阿桃　　煮晚飯
- 阿海　　數魚栽
- 囡仔　　曬鹽田

- 蚵仔　　收蚵仔

四、台江變化：劇場魔幻時間

本場次以影像、舞台變化來呈現出劇場魔力，海風徐徐、鹽田發亮、各式各樣的視覺效果，慢慢把觀眾漸進帶進現代時序。

五、虱目嬸廚房（2019當代）

六、蚵男烤蚵場

七、台北都市人

八、回鄉

九、歡慶

藉由故事敘事的時序，帶出台江長輩可愛而堅毅的一面、台江吸引人的優點，以及青年返鄉的想望。台江人，鹹嘟嘟硬摳摳，堅持咱的台江夢。故事，正一頁一頁往下繼續……

☒ 對白劇本

補充說明：本劇大多數對白設定以台語發音，但依實際狀況適合程度而調整。

場次	序	迎賓現場	場景	劇場大廳（內含化妝間、服裝區、樂團區、回憶招領處）
人物	全體表演者			

△　當觀眾走入台江文化中心的劇場大廳，序場演出即已開始。

△　樂團成員在大廳某側演奏耳熟能詳的台灣民謠，現場流動的音樂讓觀眾感覺熟悉。

一、一座座小型梳妝台亮著燈,環繞大廳,演員從容梳化。

二、觀眾們可以經過演員身邊窺視他們化妝的過程、經過服裝區欣賞即將登場的服裝與道具,或駐足聆聽現場樂團,感受零距離的劇場空間。

三、流動的迎賓現場,是一段由觀眾共同參與的即興現場演出。

場次	1	咱們台江人	場景	劇場大廳
人物	全體表演者			

四、開演時間到,舞監準時廣播。

　　舞監:各組準備。倒數五秒,演出正式開始。五、四、三、二、一、GO。

五、燈光三明三暗,做出閃電效果。

六、巨大雷聲音效。

　　(演員的語言多使用台語發音,或國台語交雜。)

　　演員1(孩子):媽媽,打雷公!我好驚!

　　演員2(母):落大雨了,緊去喝仔叫你爸回來!啊阿嬌咧?

　　演員1(孩子):她和弟弟去田裡收瓜仔!

　　演員2(母):叫他們緊回來,這雨若再落下去,不一定就要走溪流了!(喊)阿嬌、阿梨,緊返來喔!

七、雷聲音效。

八、表演自四面八方啟動,盛大的歌舞在觀眾面前展開,各色男女老少、不同時代感的角色,開啟一趟身歷其境的台江旅程。

〈台江相放伴〉

落大雨、做水災,在台江不用覺得很奇怪,
咱三百冬前是一片海,誰想的到,海會變成田?

古早台江親像大海翁,腹內的故事是講不完,
鹿耳門、北汕尾,台灣的歷史要從這找!
國姓來、紅毛去,日本郎嘛來逗熱鬧,
海水退了浮陸地,鹹水惡土也是機會,
為著希望做陣過,牽某揹子去找土地,
骨力打拼骨力爭,不驚甘苦,壞籽也會開花!

竹籠厝,穩在在,咱台江男兒都真有力,
大風大雨崩溪岸,厝邊隔壁就逗陣推(ㄙㄚ)!
扛茨起來做伊跑,誰驚青暝蛇會走溪流!
拜天公、拜媽祖、大道公祖請幫我渡,
拜樹腳、拜溪埕、有拜就會有出途,
若無……也不要緊,
薯籤擱有得吃就算好命,
目屎配飯,吃的飽,嘛是一種快活!

大水退去,溪邊的落溝仔糜是軟又肥,
咱就站在,天公伯欲給咱的土地頂!
咱是勇敢的台江人,落大水、走溪流都不驚惶,
台江泮,相放伴,
台江是咱的故鄉,台江是咱的靠岸……

△　依上述歌詞,新編歌舞曲目,盛大開場演出。

△　表演結束,演員各自淡出,回到下一個將演出的空間。

△　「引路人」引導接下來的戲劇發展。

場次	2-1	回憶招領處	場景	大廳某側空間
人物	虱目嬸、引路人			

備註：本場次為觀眾移動中的過場。

懷舊的空間，傳統而溫暖，像記憶中老家的樣子。

小小的神主壇、木圓桌上蓋著菜罩、鋪著花布巾、牆角有竹掃帚、老櫥櫃、收音機，牆邊有張竹藤椅、矮茶几上放著復古糖盒。與「虱目嬸廚房」的場景類似。

虱目嬸從外歸來，拿下斗笠掛上牆線，卸下肩上揹的紅綠色 ka-ji 袋，將裡頭的蔬果供奉上神桌，持香祈禱。

虱目嬸：（絮叨，台詞僅供參考、可調整）諸佛菩薩請保庇我的兒子女兒全家平安賺大錢。
老欸，祢今天好否？我在里長伯那買到網瓜，開始到時了，等一下切來吃看有甜否。還有你最愛呷的蒜頭豆鼓，晚上煎魚來配。這魚係海嫂伊孫回來養的，還養得不錯。對啦，下個月神明生，祢要叫清水和阿慧帶孫回來拜拜，咱很久沒看到孫了……

虱目嬸對小神桌鞠躬、插香。

引路人：（國語）這裡……有似曾相識的感覺嗎？這是一個台江婆婆的家，一個已經維持了六十年，再平凡不過的家，也許你的親戚家、阿嬤家，甚至你家，也是像這個樣子……在這裡，她從孩子變成少女，變成媽媽，變成阿嬤。

虱目嬸走到木桌旁，掀開菜罩，將花布桌巾（同阿嬌使用的包袱花布巾）撫平皺褶，旋開收音機的旋鈕，在懷舊音樂聲中進行家務的整理。累了就坐在竹藤椅上，摸摸胸口的平安符，遙望遠方。

引路人：（嗅聞屋內的空氣，國語）屋子裡，有種說不出來的

氣味，熟悉的，溫暖的，是她的味道，是家的味道、是母親的位到……也是台江空氣的味道。

場次	2-2	問路柑仔店	場景	大廳某側空間
人物	里長伯（台江伯）			

備註：本場次為觀眾移動中的過場。

△ 里長伯問路柑仔店裡面放著台江生活常用的各種物件。釣竿、長柄魚撈網、鐵桶、頭盔式探照頭燈、雨鞋、鋤頭……玻璃櫃台擺著金紙、香、報紙、雜誌、時令水果、米酒、高粱酒、一罐罐醃漬物，牆邊曬著虱目魚乾，地上鋪著帆布正在曬蘿蔔乾。

△ 里長伯坐在門口的竹藤椅打瞌睡，手上拿著補到一半的漁網。

△ 引路人帶觀眾走近。

引路人：（國語）這間雜貨店裡賣的東西不多，整天下來沒幾個客人上門，可是會來這裡買東西的，就是去不慣別處。這裡賣的不是流行，而是那份生活記憶。

△ 里長伯驚醒，放下手邊的魚網，熟悉熱情地叫喚引路人。

里長伯：哩賀！來坐喔！吃飽無？

引路人：吃飽了啦，里長伯，今天我帶朋友來轉轉……

里長伯：（定睛一看，驚）唉唷這麼多人！（環視眾人）真好，真好，咱這一帶很久沒有這麼熱鬧了！（對大家打招呼）哩賀、大家賀！來到咱台江，有甲意否？別看我店小小間，這間店已經開了幾十冬，我做里長也幾十冬，附近大事小事攏哉，有什麼不懂的攏可以問我！

引路人：里長伯，今天他們來，就是要來看台江的故事……

里長伯：講古我最會！細漢我都在廟口聽「仙仔」說故事，大

道公顯靈救世、媽祖婆送水保庇鄭成功、四草湖後面的荷蘭骨頭、青暝蛇做大水走溪流⋯⋯台江故事多了！看你們要聽哪一齣，有空就來找我開講⋯⋯

引路人：（對眾人，國語）大家有空可以來找台江伯，聽他講故事！

里長伯：對啦！要買魚、買蔥頭、柑仔蜜⋯⋯都可以來找我，等一下客人要來拿魚網，我先趕一下，你們自己四處看看喔！

里長伯坐回竹籐椅、戴上老花眼鏡，繼續補著魚網。

引路人：（國語）漁網，以前是多少台江人賴以維生的器具，現在，捕魚的人少了，用漁網的人，更少，但是，阿伯一針一線補的，不只是網，而是⋯⋯（台語）對未來的⋯⋯希望。

引路人帶觀眾往下一站出發。

場次	2-3 阿嬌姊妹伴	場景	排練室，改造成家庭代工廠
人物	阿嬌、阿蕊、玉蘭、阿桂、領班阿惠姊		

本段擬呈現1960-70年代，家庭代工謂為風潮的時代背景，以及台江女性面對生活的不同面向。

擬由「劇場服裝間」改裝成為傳統家庭式代工廠。製作「KA-JI袋」，大家針車、手縫、裁布、剪繩⋯⋯各種備料分工。

收音機播放著60年代的歌曲。

領班阿惠姊分配工作，阿嬌、阿桂、玉蘭各司其職。

阿嬌挺著巨大的肚子，特別顯眼。

玉蘭邊做手工，邊偷看報紙的徵人廣告，偶爾動作會停下來，拿報

紙仔細端詳。

△ 當引路人帶領觀眾入場後,引路人也融入演出者之中,開始進行加工工作(引路人可為阿蕊)。

△ 阿蕊慌忙跑進。

阿惠姊:(對引路人)阿蕊妳來了喔?

阿蕊:拍謝,今天學校考試考卡晚……

阿惠姊:妳要去學校、忙厝內的工作,還要來做加工,咁會太累?

引路人:不會啦,誰不是兼兩三份工作在做?阿惠姊,有工作可以讓我帶回去做否?下個月又要繳學費,加減要賺些讀書錢!

阿嬌:阿蕊真正足認真,讀高商就是不同款。

△ 阿嬌起身將滿袋的物品提起,扶著腰慢慢地將其挪到旁邊。

阿惠姊:阿嬌,妳坐著,這重的東西叫別人拿就好……

阿嬌:(微笑)多走多站比較好生!

△ 玉蘭被報紙廣告吸引,興奮。

玉蘭:欸,報紙上應徵這什麼頭路?一個月九百摳,有夠高……阿蕊,幫我看看!

△ 玉蘭遞報紙給阿蕊。

阿蕊:(讀以有些口音的國語)「台灣鹼業有限公司安順廠,擴大徵員,高級技師月薪 900 元起,作業員月薪 200 元……」

玉蘭:哇,作業員也有兩百,咱要做多久才有?

阿惠姊：妳腳手這麼慢，一直摸東摸西，當然賺比別人少！

玉蘭：（偷笑）這篇我要剪下來。

玉蘭用剪刀剪下報紙廣告，翻開隨身攜帶的剪報本，貼進去。

阿桂：（笑）那本簿子貼得滿滿，到底有哪個你有去應徵？

玉蘭：不一定我下禮拜就去⋯⋯

阿惠姊：乾脆這裡辭一辭不要做了！

玉蘭：（討好、逗趣的肢體動作惹得大家發笑）阿惠姊——你不要這樣⋯⋯我還是最——甲意你們大家——我毋甘走啦！

大家笑了，阿惠姊瞪她一眼，玉蘭裝模作樣認真工作。

阿桂：（羨慕）我覺得阿蕊讀國語揪好聽！

阿蕊：黑白說，在學校整天被人笑，說我草地人、庄腳俗、生的像火炭，講話海口腔⋯⋯

阿惠姊：海口腔又怎樣？咱台江就是海口，海口音不才是正音？

阿蕊：我看我還是要把國語練卡標準一點，若無，畢業去台北應頭路，一定會被人看不起⋯⋯

玉蘭：台北！妳真的要離開這裡喔？

阿桂：台北不是很遠，妳一個人怎麼敢去？

玉蘭：（一副很有經驗的樣子）有什麼不敢？去火車頭，火車坐了就去了！以前我阿公也是牽某揹子從溪北徙來，還用走的，走好幾瞑日才渡過曾文溪。

阿桂：（吐槽）這麼厲害，妳怎麼還在這裡車布邊？

玉蘭：只是現在而已啦……阿蕊，妳要去的時候帶我一起去！

阿惠姊：人家是高商畢業，妳去做啥？去台北做女工，繼續車布邊？

△ 大家偷笑。

玉蘭：我這麼聰明，不一定應頭路的時候，老闆他兒子愛上我娶我做某……

△ 大家大笑，阿惠姊好氣又好笑。

阿惠姊：你喔……手腳卡緊欸！

阿嬌：（站起來伸展肢體，扶著腰蹙眉，好像有點不舒服）真好，有讀書就是不同款，去台北……我根本連想都不敢想……

阿桂：如果給我爸聽到，他一定又要唸說女孩子讀書有啥路用，還不是要嫁尪生子……

阿嬌：（摸著肚子）我以後也要給我小孩讀書。

阿惠姊：這樣妳要卡打拼賺錢，生這麼多個，吃飯都有問題。

△ 阿嬌摸肚子，嘆息。

玉蘭：最近堤岸邊的蔥頭要收成，拜日大家咁要做伙去收？聽說今年一斤兩毛錢，一天下來也不壞！

阿嬌：我拜日還要幫忙收虱目魚。

大夥兒：（七嘴八舌）你肚子這麼大了別去收魚啦……

阿桂：我阿爸……（欲言又止）叫我拜日去相親。

△ 聽到相親，大夥兒興奮又激動。

大夥兒：相親！？

玉蘭：哪裡的人？誰介紹的？

阿蕊：有看過相片沒？

阿桂：不知道……聽說住很遠……我很不想去……

阿蕊：早點結婚不錯啊，你看阿惠姊，十八歲就嫁尪，現在囝仔都大漢，免操煩，可以做自己想做的事……

阿惠姊：才沒你想的那麼好。只要結婚，一世人都要操煩！顧公婆、顧尪、顧厝內、顧工作還要顧囝仔，囝子細漢煩惱他破病、吃不飽，囝子大漢，煩惱他讀書、找頭路，現在，煩惱他取無某、嫁歹尪……

玉蘭：啊妳就不要想這麼多啊！

阿惠姊：不要想這麼多？（無奈）講的簡單，誰做的到？沒結婚的最聰明，免為了別人操煩……

玉蘭：（舉手）我不要結婚！

阿惠姊：妳是嫁不出去！

玉蘭：阿惠姊——

阿桂：（憂煩）我連要嫁給誰都不知……我好想躲起來……不要在厝裡整天聽我爸碎碎念……

玉蘭：那你跟我做伙去！（遞上簿子）看你要應哪一個，我陪你！

阿惠姊：（怒）你們是都要辭頭路是否？

玉蘭：唉唷，做夢免錢啊！

阿惠姊：免錢的最貴！打拼做事才有錢賺！

△　大夥兒終於安靜做事。

△　收音機裡響起〈黃昏的故鄉〉一曲。

阿惠姊：（跟著哼歌）……叫著我、叫著我、黃昏欸故鄉不時在叫我……

△　阿惠姊的聲音有些沙啞滄桑，卻有母性的溫柔。

△　大肚子的阿嬌起身，伸伸懶腰，走向某處，眺望遠方的夕陽。

阿嬌：……日頭擱要落山了。每天的這個時候，我都會想到我阿母……以前在家裡種田，日頭落山，會聞到炒菜的香味，聽到阿母大聲喊我們回去吃飯……那時不覺得怎樣，現在才知道……那種香味，是會肖念。就算是番薯葉配番薯簽，也是阿母的味。我已經好久、好久沒看到阿母了……想吃一頓伊煮的飯，也不知什麼時候才有機會……

△　大夥兒安慰著黯然的阿嬌。

玉蘭：好啦，妳叫妳肚裡這個不要嫁，留在身邊陪伴妳！

阿嬌：沒喔！我要叫她讀書、去台北工作，帶我坐火車去台北玩！

阿蕊：到時候，我如果在台北買厝，妳們可以來住我家！

其他人：（紛雜）我也要去！我也要去！

阿嬌：（開心）都做伙來！做伙來！……啊……

△　阿嬌忽然腹痛蹲下。

阿桂：怎樣？

玉蘭：不是要生了吧？

△ 阿嬌扶肚，一臉痛苦卻仍勉強笑著。

阿嬌：好像……他也要做伙來了……

阿惠姊：甘要回家？

阿嬌：……來不及了……

△ 所有演員瞬間大驚，手忙腳亂起來。

△ 阿惠姊拿來包袱布（同回憶招領處的花布巾），甩開、鋪在地上，阿嬌表情痛苦地躺臥。

阿蕊：怎麼辦？怎麼辦？

阿嬌：不要緊啦，第三胎了，擠一下就出來了……

阿惠姊：我去弄熱水，阿蕊，妳去把剪刀洗一洗……

阿蕊：哪一種剪刀啦？怎麼洗啦？我會怕啦……

△ 眾人忙著幫阿嬌，有人握住她的手，有人端水盆，七手八腳的。

阿嬌：啊——

阿蕊：看起來好痛，我以後不要生了啦！

阿惠姊：來，吐氣！

阿嬌：啊——

眾人：（尖叫）啊——

阿惠姊：免驚，做女人，要卡堅強一點！

所有人：（尖叫）啊——

劇本一

△ 大夥兒激動又害怕。
△ 代工機台不間斷的嘈雜聲響，混雜懷念金曲、嬰兒啼哭、各種聲音……這就是阿嬌的生活日常。

場次	2-4	阿塾上工廠	場景	佈景工廠外／佈景工廠內，改造成台鹼化工廠
人物		大頭仔、阿塾、工人A、B、C、D、領班		

△ 進入此景前的通道，可做出紅樹林、防風林等綠意盎然的意象。
△ 佈景工廠化身為台鹼公司。
△ 牆角堆著一些化工原料桶，上有表示危險的骷髏圖案。
△ 牆上掛著許多工作服，大頭仔分發衣服給一群年輕男工。

領班：先把衫換好，等一下發咩斯摳（Mask）給你們掛。

△ 領班離去，大頭仔分發衣服同時，和年輕男工們邊換衣服邊閒聊。

大頭仔：新來的，一進來就要梳妝打扮，甘會很不習慣？

工人A：（一頭霧水）蛤？

大頭仔：（指指自己身上、手上的工作服）這些啊！

△ 大夥兒互看彼此穿上的樣子。

工人B：可能過幾天就習慣了。

工人C：（指A）這衫比你原本破糊糊那件卡好看，應該穿回去給你某看一下……

大頭仔：真的！這布料好又新，我也想穿回去。

工人A：（期待）甘可以？

大頭仔：（敲 A 頭）憨頭喔！當然不行。

二　大夥兒轟笑。氣氛似乎輕鬆起來。

工人 B：（嗅聞）這是什麼味？

大頭仔：我都說，這是「刺激欲滋味」，聞久就習慣了！咩斯摳（Mask）多掛兩個就聞不到了。

三　大頭仔發放口罩給男工。

大頭仔：這我是不愛掛，天氣這樣熱還包得像肉粽，擋未條……但是你們要掛，對身體卡好。

四　領班帶阿墾走進、穿過大頭仔與男工群。

五　大頭仔驚喜地對阿墾打招呼。

大頭仔：欸，你不是墾仔？（大聲喚）阿墾！

阿墾：（聞聲回頭）大頭仔！你在這喔？

大頭仔：對啊……你今天報到喔？

阿墾：對……

領班：（制止）大頭仔！你一隻嘴摳摳說摳摳說比暗光鳥還要吵！整透早講不完！

六　大頭仔吐舌偷笑。

領班：（對阿墾）來，跟我去辦公室。

七　領班離去後，大夥兒發問。

工人 B：他不用換衫喔？

大頭仔：人家做技師，負責開發，跟咱這種做粗工的不同款！

△　大夥兒眼神欣羨看著阿墾離去的背影。

大頭仔：我國小跟他同班，他很厲害，每次考試都考第一名，今年讀化工畢業，就考到技師！他阿爸歡喜到放炮⋯⋯

工人A：技師一個月九百塊，是我，我也要放炮！

工人B：以前我在外面做鹽工，錢卡少，但是看厝內有幾口，一口人貼一斗米，我生四個，加一加領起來比課長還多！

工人C：喔，你很會生喔！

大頭仔：對喔，若是做事憨慢，多生幾個也是加減補！（推工人B）你嘛真聰明！

△　領班回來，故意清清喉嚨，瞪著大家。

△　大頭仔連忙假正經。

大頭仔：快把衣服換好，卡認真欸，知否！

領班：（瞪大頭仔一眼，開始訓話）你們頭一天來到台鹼公司，我跟你們簡單說明。咱的部門是要處理五氯酚鈉，做農藥的原料。做這有「骷顱（音：窟路）」（指指化工桶上的骷顱圖案）的，進來要換衫、咪思科要掛好，出去衫要換掉。中午吃飯要洗手洗臉，也要吃乎飽。做粗重，就要有力！知否？

眾人：知！

領班：在咱台鹼公司是看能力，誰認真負責、誰耐操有擋頭，就有機會升起來！（故意）不一定下個月大頭仔的位就變你的！

△　大頭仔皺眉，大夥兒想笑不敢笑。

領班：（正色）咱公司世界有名，愈做愈大，只要認真，人人都有機會做領班、做主任，做伙打拼，好不好？

工人們：（齊喊）好！

領班：公司發的肝藥，要照時吃，那是公司的福利！未來若做的習慣，你們可以申請宿舍、囝子也可以來公司這的學校讀書，這工作是很多人欣羨！努力做、努力拚，知否？

工人們：（大聲）知！

△ 工人們興奮的摩拳擦掌，準備上工。

△ 引路人帶觀眾離開。

△ 往外走出的角落有盞 Spot light 投射在一張放滿化學儀器的小桌子上。

△ 阿墾正聚精會神操作化合物的實驗。

阿墾：我叫阿墾，住在溪南寮，出世的時候，阿爸阿母才從溪北徙過來溪南第二冬，每天都在墾土整地，遂給我取名做「墾」。自小，我讀書都讀得很順，阿爸阿母最大的願望就是叫我找一份好頭路，現在我總算是考上台鹼，阿爸歡喜到放炮，阿母是到處去跟神明道謝。（摸出胸前配戴的香火袋）我一定不會讓你們失望！我一定會給你們過上好日子……

△ 燈漸暗。

△ 引路人帶觀眾子走往另一個方向。

△ 離開的通道，與進來的通道，景況截然不同，是一片被汙染後的荒蕪死寂，象徵台鹼廠造成的重金屬汙染不可逆的傷害。

場次	2-5	阿徙倉儲室	場景	道具間（儲藏室）—改造成五金攤車
人物	阿徙			

△　引路人帶領觀眾走往道具間。

△　快靠近道具間時，傳來口琴聲，吹奏著「有酒矸通賣否」的曲調，由遠而近。

△　阿徙穿著雨鞋、戴著斗笠，邊吹口琴邊吃力的推／騎著載滿回收舊物的三輪車。

　　阿徙：（抬頭看天）黑陰黑陰……看是要下雨！先躲一下。

△　阿徙下車，跛腳一拐一拐地把車牽進道具間內。

△　三輪車上堆滿一綑一綑的報紙、許多酒瓶、一些破廢的鍋碗瓢盆。

△　阿徙檢視今天回收的戰利品。把酒瓶拿出來清點擺好，發現某一個瓶子裡還有酒，驚喜的拿起來搖一搖、灌了一口。

　　阿徙：味道擱不壞！

△　阿徙搬下一綑一綑的舊報紙整理，堆到角落，被其中一張報紙吸引，那是和「阿嬌姊妹伴」裡同樣的台鹼徵人廣告。

　　阿徙：這技師……不就是墾仔剛考上的？餉，一個月九百塊？真正好賺就對！墾仔真厲害，項項攏第一。……
　　　　（自嘲）我做他阿兄，還這麼沒路用。……聽說我出世的那年剛徙來這，阿爸給我取作「徙」，應該是這樣才害我徙來徙去都不會穩定。
　　　　其實我也很重要，若是沒我收壞銅舊械、磨剪刀菜刀，大家的生活也會不方便！前陣子我生病休睏幾日，大家都在問說：「掰咖徙仔是跑去哪裡？」對我是多——思念咧！（得意）說實在，十六寮我天天走透透，認識的人不一定比台南市長還多……

　　　　　像今天，有一個太太要娶媳婦，厝內清一大堆東西都送
　　　　　給我，還送我大餅。

△　阿徙撈出古早的大圓喜餅吃著，配酒。

△　雨聲音效淡淡的襯底。

　　阿徙：大餅好吃，配米酒剛好。吃甜甜，祝她媳婦卡緊生兒子！
　　　　　……不知我什麼時候才能娶某生兒子？唉，這雙腳，連站
　　　　　都站不穩，還是別肖想。別說我，厝邊隔壁好手好腳的
　　　　　少年人也不一定好娶某。誰要把女兒嫁給台江郎？草地
　　　　　所在，窮又鹹……人家說，市內賺，草地吃，免三冬就會
　　　　　變得很好野，草地賺、市內吃，免多久就會做乞丐！啊
　　　　　我，草地賺、草地吃，自己一個人嘛是快活！羅漢咖的
　　　　　生活，自由自在，有什麼不好？
　　　　　破銅舊械，也有很多好物件！

△　獨白同時，阿徙整理三輪車裡的物件，一個破鐵鍋勾起回憶。

　　阿徙：細漢的時候，最喜歡去廟口看人練金獅陣，回厝就拿阿
　　　　　母的鐵鼎，和弟弟一個人做獅頭，一個人做獅尾，我當
　　　　　然最前面那隻，獅頭帶陣，大家都在行我，嘿、喲、賀！

△　阿徙拿起破鍋放在臉前，以專業金獅陣的動作開始舞獅頭，舞出正
　　統獅陣的節奏跟韻律，成為一段精彩表演。

△　最後，阿徙絆到自己的跛腳，跌坐在地，鍋子匡噹巨響。

△　阿徙看著鍋子，無奈地拍打一下跛腳，自嘲。

　　阿徙：玩到撞破鍋，等一下給阿母罵。

△　雨聲音效漸大。阿徙傾聽。

　　阿徙：……落大雨了。……細漢時，聽到落雨會緊張，聽到打雷
　　　　　公就流沁汗。這條青暝蛇若張起來，溪會跑、岸會崩，

劇本一

轉頭大水就淹到眼前。住在伊旁邊,生活是足驚惶,只有學看天過日子,天公伯給我們什麼,咱就勇敢做、拚死活。

△ 阿徙吹奏口琴,吹出〈天黑黑〉的完整旋律。

△ 口琴聲中,雨聲音效由大漸小。

阿徙:拚久了,日頭就會照到咱們,海湧嘛會疼惜咱們。崩落去的溪岸會浮上來,那是全新的土地,種什麼都能活,西瓜、番薯、柑仔蜜……說有多甜就有多甜……好野、貧窮,攏是一口氣。雨會停,水會退,你咁有看過雨下完以後的那片天?那是多清、多美!

△ 阿徙起身,看向遠方。微笑。

阿徙:(愉悅)你看,天色漸漸光起來,就要好天了!

場次	3	台江日常—轉場	場景	劇場空間內
人物				

△ 劇場外部的演出(時空旅行)結束後,觀眾將被引導回到劇場內部空間裡。

△ 以下**第三場的演出內容為觀眾回到劇場時的轉場戲**,主要作用為引導觀眾自移動的觀戲方式轉回到劇場,並安靜入座,故此段劇情僅為輔助,目的為連結後續的戲劇情境。

場次	3-1	小阿嬌練唱	場景	觀眾席 象徵 學校
人物	孩子們、老師			

備註:本段,移動席的觀眾將陸續進場,主要觀眾將為座位席的觀眾。故本段劇情擬在師生簡單逗趣的互動中埋下台江移民史的伏筆,讓座位席的觀眾開始有進入另一個時空的感覺。移動席無法如完整看到本段演出,並沒有關係。

本段主角名為阿嬌,呼應女工場,小阿嬌 = 大阿嬌 = 虱目嬸,連結角色前後的關係。

∧ 一群孩子七手八腳地抬著樂器入場（舊式風琴，若不易取得則可改為其他適當的樂器道具）。

△ 孩子彼此間使用台語，對老師則使用國語。老師除了台語專有名詞、人名外，皆使用國語。

孩子們：嘿喲！嘿喲！

阿海：放這裡就好！

小阿嬌：放卡中間一點啦！

∧ 風琴位置調整好後，孩子們開始玩鬧。

小阿嬌：（對遠方大喊）老師！搬完了！

阿海：（拉小阿嬌的辮子）你惦惦啦──再玩一下！

小阿嬌：很痛欸！猴死囡仔臭阿海！我要報告老師！

阿海：蕭阿嬌！蕭查某！你們布袋嘴寮蕭全庄！

小阿嬌：臭阿海！你臭頭爛耳生虱母！我等一下一定要報告老師！

阿海：（學小阿嬌的口吻）我也要報告老師！

老師：（快速進場）怎麼吵架了？

小阿嬌：老師，阿海罵我⋯⋯（委屈）還罵我們整個布袋嘴寮！

阿海：那我阿爸說的，不是我！你還不是罵我⋯⋯猴死囡仔、臭頭爛耳！

老師：今天早上發的（台）圇蟲藥，你們有吃了沒？

眾人：（齊聲）有！

老師：阿海，來，我看看你的頭⋯⋯有比較好了啊！

阿海：（委屈）就是說嘛！

老師：（對全體）老師跟你們說，阿海不是在罵阿嬌，阿海說的是台江（台）布袋嘴寮特別的故事⋯⋯阿嬌，你住（台）布袋嘴寮，對否？

△ 小阿嬌點點頭。

老師：你知不知道，以前布袋嘴寮的人從哪裡來？

△ 小阿嬌搖搖頭。

老師：很久很久以前，在日本人還沒來之前，就有一對姓「蕭」的夫妻，從嘉義的「（台）布袋」來到這裡開墾，後來，他們把這塊地取名叫「布袋嘴寮」，紀念（台）古早時代他們在布袋的祖先。阿嬌，老師剛剛說，這對夫妻姓什麼？

小阿嬌：姓蕭！

老師：所以他們的後代子孫，也姓蕭，這就是為什麼你們布袋嘴寮有很多人姓蕭的原因！

小阿嬌：齁──原來是這樣！

老師：阿海，我們這裡每個（台）庄頭都有自己的故事，不能（台）黑白說，好不好？

阿海：（抓抓頭）好──

老師：阿嬌，妳也要跟阿海當好朋友喔！來，大家一起來唱歌！

小阿嬌：我要唱白鷺鷥！

阿海：我要唱西北雨！

老師：好，都唱、都唱……

△ 小阿嬌、阿海，互扮鬼臉吐舌頭。
△ 老師以風琴伴奏，孩子唱和。

〈白鴒鷥〉
詞：民間吟謠　曲：林福裕（1960年代）

白鴒鷥　車畚箕　車到溪仔墘
跌一倒　拾到一仙錢
白鴒鷥　車畚箕　車到溪仔墘
跌一倒　拾到兩仙錢
一仙撿起來好過年
一仙買餅送大姨

〈西北雨〉
詞：民間吟謠／曲：黃敏（1960年代）

西北雨，直直落，鯽仔魚，欲娶某。
鮕鮘兄，打鑼鼓，媒人婆，土虱嫂。
日頭暗，找無路，趕緊來，火金姑。
做好心，來照路，西北雨，直直落。

西北雨，直直落，白翎鷥，來趕路。
翻山嶺，過溪河，找無巢，跋一倒。
日頭暗，欲怎好？土地公，土地婆。
做好心，來帶路，西北雨，直直落。

阿爸牽水牛　作詞：黃長安／作曲：王建勛
阿爸牽水牛喔，走過菜園邊
白菜青青
阿爸心裡真歡喜

劇本一

阿爸牽水牛喔，走過蔗園邊
甘蔗甜甜
阿弟口水饞饞滴
阿爸牽水牛，走過魚池邊
魚兒肥肥
水裡游來擱游去
阿爸牽水牛，走過田岸邊
稻穗黃黃　滿田園　擱是豐收時
阿爸真歡喜

註：本首歌雖非老歌但是歌詞意義頗為適合，種菜、甘蔗、養魚、種稻，也是台江一代的生活地景，故暫選擇這首囡仔歌。曲目皆可視狀況調整。

△　火車的汽笛揚起。

阿海：甘蔗火車來了──

老師：唱完這首，就下課囉！

孩子們：（歡呼）好──

△　老師繼續奏起耳熟能詳的音樂，帶領孩子唱起歡樂歌曲。

〈丟丟銅仔〉
詞：許丙丁

火車行到伊都，阿末伊都丟，唉唷磅空內，
磅空的水伊都，丟丟銅仔伊都，阿末伊都，丟仔伊都滴落來……

△　歌聲中，孩子們各自揹起書袋。小阿嬌，隱喻虱目嬸，揹的包袱就是那條花花的包袱巾。她和同學們赤著腳，蹦蹦跳跳地回家。

阿海：走！咱去追甘蔗火車，看能不能抽到甘蔗！

男生們：（附和）好！

△　男生們快速的跑過，阿海偷打一下小阿嬌、扮個鬼臉，嘻笑離去。

△　觀眾席淨空，從時空旅行回來的觀眾被引導回觀眾席。

場次	3-2	四草日常	場景	舞台上　象徵　各個孩子的家
人物	3-2-（1）小阿嬌／母親、3-2-（2）小阿嬌／阿桃、3-2-（3）阿海／阿公、3-2-（4）圓仔／家人、3-2-（5）男孩／母親			

以下幾場小戲分別位在舞台各處不同區塊接連上演，都是剛剛上課的孩子們的生活片段，劇情有助於推動下半場的戲劇情境。整體以畫面意象為主。

3-2-（1）：小阿嬌曬麵線

△　小阿嬌母親在披掛雪白麵線的竹枝棚下工作。

△　小阿嬌把花布包包一丟，幫母親將麵線收進竹簍裡。

母親：阿嬌，收完去挽菜。

小阿嬌：好──

△　小阿嬌扛起一簍麵線離去。

3-2-（2）：阿桃煮晚飯

△　阿桃在廚房裡忙著，吹煙、搧風、生火，被煙嗆得咳個不停。

△　小阿嬌跑進，抱著一把菜。

小阿嬌：（塞野菜給阿桃）剛剛採的，黑黎仔和豬母奶！

阿桃：（開心）怎麼這麼多！

△　圓仔左顧右盼，偷偷地從櫥櫃裡摸了一把蝦米。

阿桃：這是火燒蝦乾，阮阿母曬的！

小阿嬌：（驚喜）哇——這很香欸！（低聲）咱偷吃，若是給你阿母發現，你咁會被罵？

阿桃：當然嘛會，（輕打小阿嬌）妳不要一次吃這麼多隻啦……

小阿嬌：再吃一隻，我幫你起火……

△ 兩個女孩笑鬧、一起生爐灶的火。

3-2-（3）：阿海數魚栽

△ 場景配合投影幕，展現波光粼粼的濱海風貌。

△ 數魚栽的調子進，燈漸亮。

阿公：十五二二三一三八四七五五六三……

△ 阿海坐在臉盆前跟阿公有樣學樣的數著魚苗數量，阿公以碗盛水中魚苗的動作熟練，而阿海雖然不及阿公的速度，卻也不算太慢。認真熟練的神情跟在學校的調皮十分不同。

阿公：阿海，你功課有寫否？

阿海：齁！我在算魚栽，你跟我講話我就亂去了啦！

阿公：你功課是寫完了沒？

阿海：……我才不要寫功課。

阿公：（阿公搶過阿海的碗）別算了，去讀冊！

阿海：（愁眉苦臉）阿公……我可不可以不要去讀冊？我想留在家幫你算魚栽……

阿公：（敲阿海頭）憨孩子！難道你要一輩子養魚？

阿海：沒啦……

阿公：沒就好！

阿海：我還想養蚵仔！

阿公：（生氣撿起旁邊的掃帚準備打人）去寫功課啦！

△ 阿海起身逃走。

△ 阿公搖頭，坐下。

阿公：（念念有詞）憨孩子！讀冊才有前途！一呀
二呀十八二二……

△ 阿公哼唱著魚栽調，阿海又探頭回來，躡手躡腳的坐下，開始算魚栽。

△ 阿公瞪他一眼，搖搖頭，祖孫倆各自唱著自己的魚栽調。

3-2-（4）：圓仔幫曬鹽

△ 日頭赤艷的鹽場，小圓仔正在幫家人曬鹽。

3-2-（5）：海口收蚵仔

海風的聲音，輕輕地的海浪聲響。

母子乘著竹筏，吃力地划著。穿過竹竿做記號的蚵棚，從一落落棚架中撈起一串蚵殼。

△ 剛下課的某個男孩，還穿著不合身的舊制服，就跟著工作。男孩幫忙把蚵殼堆進竹筏上的簍子，母親又划往下一個蚵棚架去……

場次	4	台江變化	場景	劇場內 魔幻時間
人物	未定			

南風北風海風徐徐，陽光曬得鹽田閃閃發亮。

海面在蚵棚的切割下更顯波光粼粼，天邊出現美麗的火燒雲。

劇本一

△ 天黑了，水溝裡的螢火蟲開始閃起點點光芒。
△ 舞台慢慢旋轉，場上換台，從戶外轉入室內，這是小阿嬌家的竹籠厝，忙碌一天的小小阿嬌正呼呼大睡。
△ 滂沱大雨的音效、藍色青色白色的燈光變化，青暝蛇走溪流，快扛茨走！舞台結合投影幕呈現陸變海、海變陸、不斷變化的地景，而這曾是台江的生活日常。
△ 天慢慢亮起。海邊的海茄苳依舊，黑面琵鷺飛來，這是黑面琵鷺思慕的故鄉。
△ 舞台再次慢慢旋轉，場上換台，茂密的綠地局部消失。
△ 舞台再旋轉，綠地再消失，旋轉台轉出煙囪和垃圾掩埋場。
△ 舞台再旋轉，戶外變室內，進入現代虱目嬸的小廚房。

場次	5	虱目嬸廚房	場景	舞台—傳統、昏黃的台式客廳
人物	虱目嬸、三位阿嬤			

△ 虱目嬸的小房間（同回憶招領處），傳統「老家」的模樣：被油煙熏黑的廚房、老式木製餐桌，上頭鋪著花布桌巾，鍋碗瓢盆、蔬菜水果堆在流理台上，那是大家回憶中的家。
△ 年近八旬的虱目嬸，熱起油鍋，唰一聲，將虱目魚放入滾燙鍋裡，空氣中瀰漫著煎虱目魚獨特的香氣。

虱目嬸：（邊煎魚，邊自言自語）這虱目魚是咱台江的寶！魚皮、魚肉、魚腸、魚骨、魚肝都能吃，全身軀都價值。……虱目魚用煎的最香，但是煮湯也好吃，小時候，我都去溪邊撿人家園裡不要的小粒西瓜回來醃西瓜綿，把瓜仔切乎薄薄，用鹽醃起來，放半個月，（遙想、垂涎）鹹鹹脆脆，酸迷呀酸迷，跟虱目魚骨一起燉，那滋味……實在是好吃到會肖念！

∧ 虱目嬸幫魚翻面。

虱目嬸：要煎乎赤赤，才會香。小時候養魚，自己卻都吃無……賣都不夠，哪有通自己吃？（回憶）有一年，冷到像要下雪，整暝，阿爸阿母都在塭仔邊燒草顧魚仔，他們不准我們囡仔去，怕我們寒到，但是我透早去看，整片塭仔已經都白白，魚仔攏翻肚、救無法……（辛酸嘆息）。那陣子，天天有魚吃，但是每天我老母都一邊吃、一邊流目屎……

∧ 虱目嬸順手扭開附近的收音機，賣藥節目誇張的聲調流瀉而出。

電台主持人（VO）：咱保肝寶這個仙丹，是純中藥，各位好朋友，咱一定要來給他訂下去，吃下去，保證有效！咱接一通聽眾朋友的摳 in……

聽眾（VO）：喂，阿明，再來兩罐！這有效，我吃到喔眼睛都金起來，腰也不會痠、腳也不會痛……

電台主持人（VO）：這是當然啦！我這保肝寶，呷過人人都嚨樂！一日三遍保肝寶，健康活力有夠好！阿明絕對不會說白賊，咱先來聽一首歌曲，再來接聽聽眾的電話……

∧ 虱目嬸不悅的關火，一邊盛裝魚、一邊叨念著。

虱目嬸：哼，吃這有的沒的，多花錢！我什麼藥都不吃，還不是活到這個歲數！人喔能活多久都是命啦，以前有記者來訪問，說什麼我有戴奧辛，什麼幾百皮克？哼，我不是好好？說實在，咱養魚種田，吃苦當作吃補，全身鹹嘟嘟硬梆梆，要死也困難！……就算說有一些什麼糖尿病、高血壓，那也是正常，老人誰沒病？活的歡喜卡重要！

△　收音機播放淡淡的老歌旋律。

　　虱目嬸：我養虱目魚養了歸世人，把兒子女兒養大，阿孫仔嘛讀到大學，在台北吃頭路，真有出脫……

△　虱目嬸將魚放在桌上，轉身翻牆上的日曆。

　　虱目嬸：（算日子、期待）再過一陣子就要拜拜了，他們應該會帶阿孫仔回來，阿孫仔最愛吃我煎的虱目魚。

△　虱目嬸走回圓桌邊盤算著位置。

　　虱目嬸：到時候，清水他們尪某坐這裡，阿孫仔坐這，阿慧若是帶那兩個咁仔孫回來……我看是不夠坐，要多買幾條椅子，到時候一定很熱鬧……

△　虱目嬸微笑坐下，舉筷吃魚，吃著，卻露出不甚滿意的表情。

　　虱目嬸：現在的虱目魚跟卡早不同。為了賣去市內，賣卡貴、賣卡久，把刺挽掉兼冷凍，無骨無靈魂，實在歹吃。還是以前自己養的，卡有滋味。

△　虱目嬸夾起整尾魚，惡狠狠地瞪著。

　　虱目嬸：我歸世人跟你鬥做伙，我就不信我沒法度把你變出古早味！等阿孫他們回來，我就用你的魚骨燉湯，魚肉用麻油跟薑煎一下、爆乎香，和紅蔥頭做伙焢，保證焢的你香噴噴、乖乖乖，全庄聞到都留口水！若無，我就不叫海口虱目嬸！

△　收音機的老歌播畢，出現熱鬧的廣告聲。

△　燈漸暗。

場次	6	蚵男烤蚵場	場景	舞台
人物	蚵仔、顧客群、虱目嬸			

△　上一場廣告的音樂轉換成富有海洋風情的國外流行音樂。

△　燈亮，台味十足的烤蚵場。

△　年輕男子蚵仔正捲起袖管認真翻烤著一顆顆又大又肥的蚵仔。一邊以夜市叫賣哥的方式華麗的介紹自己的蚵仔。

△　不少顧客排隊等候。

蚵仔：（台客台語叫賣）時代不同款了啦！以前的蚵仔，瘦又腥，現在的蚵仔，肥又Q，生吃都可以，時代在進步，吃法在進步，咱養蚵仔的技術也在進步！你有我的蚵仔每顆都金蹦大，新鮮營養充滿維生素ABC還有胺基酸DHA，為什麼？因為咱台江是一個好所在啦！
（忽然從很台的狀態轉成文青捲舌的國語腔）你曾站在曾文溪出海口，眺望那一片被夕陽染成金黃色的海面嗎？七股的潟湖生態，是台灣的地理奇蹟，海底下豐富的藻類提供蚵仔最天然健康的食物，（慷慨激揚）這片海不只養育蚵仔，也養育我們的祖先，養育我們……

△　顧客們紛紛打瞌睡。

蚵仔：（又變回台客）欸，怎麼睡去！（叨唸）不是我在說，你們吃蚵仔也要了解咱的環境嘛！好啦好啦蚵仔烤好了……

△　顧客倏然驚醒，蜂擁而上。

蚵仔：（遞蚵仔）來，排隊排隊，要幾粒自己報數喔！今天的最後一批，搶完了，明天請早！

△　虱目嬸揹著ka-ja袋進場。

虱目嬸：（嗅聞）這在烤什麼？怎麼這麼香？

△　虱目嬸順著蚵仔的香味，抬到蚵仔的攤位，停步，看著人潮。

△ 顧客開心的排隊領蚵仔。蚵仔手沒停,話也沒停過。

蚵仔:咱這裡海流穩定,水質乾淨,蚵仔在潟湖內泡海水SPA、吹台灣海峽的海風,實在有夠享受!不信你今天下午也去海邊泡一下、吹吹風,你就會像蚵仔一樣Happy!現在我用三溫暖給他烤下去,心情蓋好,蚵仔就會啵一下跳起來,還會噴水!吃這款蚵仔,蓋健康、蓋營養、蓋歡喜……

△ 蚵仔看到虱目嬸,打招呼。

蚵仔:虱目嬸?妳怎麼有空過來?

虱目嬸:我要來去里長伯的柑仔店買東西,聞到香味遂被你ㄒㄧㄚˊ(引誘的台語)過來。奇怪,你烤的蚵仔竟然可以比我煎的虱目魚還香?

蚵仔:虱目嬸,來,吃一顆比較看看。

虱目嬸:(試吃,驚)唉唷,肥又Q,怎麼這麼好吃?還放檸檬、麻油,烤起來香味全不同。不愧是有去台北讀書的博士博。……但是……你一個博士欸,怎麼會想不開回來養蚵仔?

蚵仔:我就是想有開才回來,妳看,烤蚵仔每一顆都開開,怎麼會想不開?

△ 虱目嬸被逗笑。

蚵仔:(正色)誰說養蚵仔不可以做博士?我覺得我阿公懂的比學校教的還多!

虱目嬸:你阿公?現在咁擱有在養虱目魚?

蚵仔:有喏,他教我怎樣看海湧、看天氣,我教他用卡自然的

方法養魚，在魚池裡建立一個食物鏈，生態循環⋯⋯

虱目嬸：你說啥我聽攏唔，但是你頭腦好。你阿公小時候也是跟你一樣聰明，但是不想讀書，想幫他爸爸養魚⋯⋯

蚵仔：虱目嬸，你若是有空，晚一點我帶你坐竹筏去看我的蚵仔棚和阿公的魚塭！

虱目嬸：好！我順便來檢查阿海養的虱目魚，煎起來卡有古早味。

△ 虱目嬸幫蚵仔收攤，邊閒聊。

蚵仔：明天神明生，清水阿叔和阿家他們咁有要回來？

虱目嬸：（略寂寞）沒啦⋯⋯他們說，阿孫仔台北工作太多沒空啦⋯⋯

蚵仔：怎麼可以這樣！我打電話給他！

虱目嬸：（緊張）免、免啦⋯⋯

蚵仔：我有他FB啊，我看他工作壓力很大，應該回來休息一下！

虱目嬸：啥米虎鱉？你要吃鱉喔？

△ 燈漸暗。

場次	7	台北都市人	場景	舞台
人物	虱目嬸的孫子阿家、同事數位				

△ 電話響。

△ 燈亮，會議桌，阿家與同事們討論事情。

阿家：（國）抱歉，接個電話。（對電話）喂？

蚵仔（VO）：（台）阿家？我蚵仔啦？

阿家：（疑惑）蚵仔？

蚵仔（VO）：（台）就是你國小國中高中同學，家裡養虱目魚和蚵仔的蚵仔！

阿家：（開心，轉換為道地的台語）蚵仔！真久沒見欸！最近好否？

蚵仔（VO）：（台）欸！神明生大拜拜，你怎麼不回來？

阿家：（無奈，台）最近工作忙啊，對齁，欲刈香了齁？

蚵仔（VO）：（台）對啊，回來啦，你阿嬤在想你了！

虱目嬤（VO）：（聲音遠）沒啦，別黑白說啦！（搶過電話）阿家呀？

阿家：（台）喂，阿嬤？

虱目嬤（VO）：你不要擔心，我很好，你好好打拼，沒代誌啦⋯⋯

阿家：（台）喂，阿嬤？喂，蚵仔？

△ 電話被掛掉的嘟嘟聲。

△ 阿家看著電話，若有所思。

同事1：哇，你阿嬤還會打電話來跟你聊天？

同事2：不是吧，他是在跟蚵仔聊天！

同事3：是蚵仔？還是蛤仔（音類似阿嬤）？

同事2：我都很想吃欸⋯⋯

同事1：欸欸欸，你台語講超好！

同事3：你南部人喔？

阿家：台南。

同事2：（誇張喊）台南府城！我上個月才去，很多巷子，小吃超好吃……

阿家：我不是在府城裡，在城外，安南區。

同事2：安南區？……安平喔？

阿家：不是啦，（拉長語氣）安、南——

同事2：南區喔？

阿家：（無奈）不是啦！安南區比北區還北邊！

同事1：北？那為什麼叫安南？到底在哪？

阿家：在安定跟台南的中間……安南！以前叫台江。

大家一頭霧水。

同事1：台江，是一條河嗎？

阿家：曾文溪旁邊！

同事2：喔！曾文溪！我知道，海邊啦，很鄉下，七股那邊。

同事1：啊！有黑面琵鷺！還有鹽山！

阿家：也不算是那邊……

同事2：怎麼那麼複雜。

劇本一

同事 1：好啦開會啦，誰管安南區在哪裡。

△ 同事們繼續開會。

同事 1：剛剛的標題要下犀利一點，我覺得太普通⋯⋯

同事 2：如果是強調農村再生，用「翻轉農村」怎麼樣？

同事 1：「革命」更有力。青農革命。

同事 2：阿家，你來幫忙想，你「下港」來的比較知道鄉下的主題要怎麼包裝？

同事 2：對啊，分享一下南部人的想法！

△ 眾人口沫橫飛、動作誇張的討論。

△ 阿家看著他們，若有所思。

△ 眾人的肢體漸漸以一種符號性的制式動作，重複再重複。

△ 其他燈漸暗，留下阿家的光區，阿家置身事外的看著這一切。

阿家獨白：為什麼我們這個世代總是說的那麼熱血沸騰，卻愈來愈沒有希望？

△ 燈暗。

場次	8-1	回鄉—故鄉的模樣	場景	舞台
人物	阿家			

△ 預錄影片：投影幕投影出車窗外的風景，從高樓大廈的都市景，到科工區、濱海公路上的荒廢魚塭、純樸的小鎮風情，然後畫面停止。

△ 公車開門的聲音、再關門。

△ 阿家從某個角落揹著大包包出現，走入。

△　阿家環視四周,深呼吸,靜靜閉起眼感受。

△　風吹過樹梢沙沙作響,大自然裡有悅耳的蟲鳴鳥叫,樹影婆娑、候鳥的影子從樹梢間飛過。

△　阿家露出淡淡的笑容,邁開步伐大步前進。

場次	8-2	回鄉—香火祐平安	場景	舞台＋觀眾席
人物	陣頭、國樂團、虱目嬸、阿家			

△　音效:炮聲。

△　樂團現場演奏,曲目以場三的曲目為主,絲竹樂聲歡樂。

△　如有投影幕請投影:廟宇遇見宗教慶典的特別搭設的華麗外觀。

△　藝陣(跳鼓陣、素蘭陣或牛犁陣之類歡樂輕鬆的陣頭)從觀眾席後方跳入劇場。

△　舞台上、下,一段段精彩的表演呈現出台江廟會文化的熱鬧。

△　虱目嬸入場,手持一把清香,一個人面對觀眾席方向虔誠祈願。

　　虱目嬸:眾神明,請保庇我家的子孫,平安順遂、身體健康……

△　阿家背著背包,走到虱目嬸身邊。

　　阿家:阿嬤!

　　虱目嬸:(驚)阿孫仔?你怎麼在這?

　　阿家:神明生日,當然要回來鬥熱鬧!

　　虱目嬸:(激動片刻、故作鎮定)好、好,神明會很歡喜,來,緊來拜拜!

△　阿家接過清香、與阿嬤共同拜拜。

虱目嬸：阿彌陀佛、菩薩保庇，保庇阮孫在台北大發展、事業順利……

阿家：……阿嬤，我想要回來。

虱目嬸：（驚）你說啥？

阿家：……（正色）……我想要回來。

虱目嬸：蛤？（愣）……你咁是給人辭頭路？

阿家：不是啦！

虱目嬸：不是就好。說那什麼話，快回去！

阿家：是我自己想要辭頭路。

虱目嬸：（驚）蛤？不通、不通，你在台北好好，在台北卡有發展！

阿家：我想要回來。

虱目嬸：（憂）不行！，這要好好考慮一下，不要衝動……

△ 樂團老師開始移動式表演，帶領著幾個團員（孩子為佳）合唱「白鷺鷥」，來到阿家與虱目嬸身邊，一起吹奏。

樂團團員唱和：白鴿鷥、車糞箕、車到溪仔墘，跌一倒，拾到一仙錢……

△ 樂團歡樂表演，邀約虱目嬸加入，虱目嬸有些靦腆，卻還是跟著節奏拍手唱和。

△ 阿家看著阿嬤，露出笑容。

阿家：阿嬤，這裡哪有比台北壞？咱這，有海、有魚、有農田、有人……擱有台北沒有的人情味！

△ 曲畢,大家為虱目嬸拍手歡呼。

虱目嬸:(笑著對孫子阿家)這首歌我細漢時天天都在唱!(忽然變臉)不要黑白說,快回去上班。

阿家:……(低語)

虱目嬸:(沒聽清)你說啥?

阿家:(大聲)我說,回來,是因為,這裡還有你在!

虱目嬸:(愣住、感動,害羞地拍了孫子一掌)憨孩子,黑白說!

阿家:我想回來教書,把這裡的故事,講給更多人聽……

△ 阿家與阿嬤聊著,樂團仍歡樂演奏,從舞台上來到觀眾席,帶領 S3 出現的耳熟能詳童謠,如西北雨、丟丟銅、阿爸牽水牛,進行一段歡樂的互動即興音樂會,讓場上場下唱成一片。

△ 場上燈暗、換景。

場次	9.2	週歲酒	場景	舞台上
人物	虱目嬸、海伯、海嫂、蚵爸、蚵媽(麗淑)……全體主要表演者			

舞台上呈現台味十足的辦桌風情。藍白棚架、紅色塑膠圓桌、塑膠椅,左鄰右舍圍坐桌邊,氣氛歡樂。

△ 海伯、海嫂(蚵仔的阿嬤)抱著小孩,開心的跟老友們聊天。

△ 蚵仔與老婆張羅著大家吃喝。

里長伯、里長嬸,提著西瓜、番茄之類的台江農產品來到。

眾人熱情跟他們打招呼。

里長們:阿海,恭喜喔!

海伯:里長們!你們今天不用顧柑仔店?

劇本一

里長伯：有雞蛋糕可以吃，怎麼有人要顧店？（逗孩子）有夠快，咁仔孫一下子就滿一歲！

里長嬤：（送上禮物）海嫂！囝仔真古錐，有像妳喔！

海伯：我看是像我卡多！

蚵仔：來來來，別爭，先吃麵線！蚵仔麵線！

里長伯：我試看看……（試吃蚵仔，表情音調誇張）嘩——好吃！你孫養的蚵仔，甜又肥！

海伯：（得意）這免你說，大家攏知！（嗅聞空中）咦？什麼味道這麼香？

△ 虱目嬸端著一盤煎虱目魚來到。
△ 大家開心的一湧而上，聞香。

里長伯：虱目嬸！煎虱目魚還是妳最行！

虱目嬸：（得意）被蚵仔刺激到，若是不能把虱目魚煎出古早味，我海口虱目嬸就要被他拚過去了！

海伯：蚵仔，緊去烤一盤蚵仔來跟虱目嬸車拚一下！

蚵仔：免啦！我一定輸！

虱目嬸：說實在，你們蚵仔不只會養蚵仔，連虱目魚都養得真好！

海伯：養魚的功夫是我給他教的！我才是台江第一！

里長伯：那是因為虱目嬸不養魚了，不然你怎麼可能會贏？

虱目嬸：還是里長伯講話有理！

孫媳婦（蚵仔老婆）端上一盤菜。

孫媳婦：來……吃飽再來切蛋糕！

蚵仔摟住老婆。

蚵仔：我這個水某真厲害！

眾人紛紛誇獎。媳婦害羞微笑。

阿家帶著一群孩子來到。

阿家：拍謝哩！聽說今天有好料，我們可不可以來湊熱鬧？

蚵仔：阿家！歡迎歡迎！（國）小朋友，來吃麵線！

孩子們歡呼。

里長伯：虱目嬸，妳孫怎麼一下子生這麼多個？

虱目嬸：那是他的學生啦！

海伯：人家阿家現在在台江社區大學，教得很出名！大人囡仔都有教……

孫媳婦招呼孩子們，盛食物給他們，孩子們開心搶食。

海伯、虱目嬸、眾人看著這熱鬧的光景，心裡都覺得感動。

虱目嬸：真熱鬧，真好……

海嫂：是啊，好像咱小時候……

虱目嬸：以前那有這麼好命，三不五時做水災……

海嫂：對啊。以前三不五時做水災，厝邊隔壁都淹大水，前面後面水直直衝進來，大家在那舀水、擋水，還有猴囡仔偷玩水！

△　大家看向阿海伯。

海伯：哼，這叫摸喇仔兼洗褲，打掃兼游泳，做大水嘛趣味趣味……

海嫂：那是你在趣味，我是清到差點累死……

海伯：四處都是水，順勢泅水抓魚，不是剛剛好？

海嫂：以前你實在是一隻噗攏拱，像猴！

里長伯：現在老了，遂變老猴！

△　大夥兒哄笑。

海伯：里長啊，又要雨季了，今年會淹水否？

里長伯：（怒）我又不是神，我怎知？咱台江自古早淹到現在，別淹水就怪我……

海嫂：啊又不是在怪你，是怪政府！

虱目嬸：（打圓場）別說這個啦，咱這好地理，不一定有一天地又浮起來，愈浮愈高就不會淹了！

海伯：有可能喔，以前也是這樣浮起來的！

△　大夥兒哄笑。

里長嬤：那也要天公伯保庇！

里長伯：下次拜拜要拜卡澎派欸，知否？

△　大家的歡笑聲中，蚵仔的妻子端出蛋糕。

蚵妻：來！吃蛋糕！

△　眾人歡呼。

虱目嬸：（感慨）不論做大水、神明生，還是過生日……只要大家能夠做夥，就很歡喜。

△ 大夥兒第一次完全點頭同意。

海伯：什麼賺錢、要怎樣發展，其實都沒要緊，可以健康平安過生活最重要……

里長伯：哇，你這摳老猴擱真會說話！

海伯：（抓抓頭，笑）不成猴啦……

小朋友：（不耐煩）可以唱歌了沒？

眾人：（歡笑著，唱起歌）祝你生日快樂！祝你生日快樂！祝你生日快樂——祝你生日快樂！

△ 大夥兒簇擁著小寶寶，拍手歡呼。

虱目嬸：你的出世，是大家的期待，希望未來，大家也可以常來看你，讓這裡時常充滿著熱鬧的笑聲……

這首生日歌、這段願望，也隱喻對台江文化中心的祝福。

現場樂隊又回到了台上，奏起音樂。

大夥唱起朗朗上口的台江的歌曲、跳起舞，彷彿開場的畫面再度重現，演員圍繞著觀眾，觀眾與演員肩並著肩，彷彿人人都成為台江的一份子。

（劇終）

台江人，啥都都硬摳摳，堅持咱的台江夢。
戲已落幕，但台江的故事，仍一頁一頁往下繼續……

簡介影片：https://www.youtube.com/watch?v=HaVDkz98FSI&t=98s

劇本一

067

☒ 演出劇照 圖片來源／臺南市政府文化局提供（擷取自演出宣傳社群網站／文宣品）

| 歸仁文化中心 2022 年開幕演出

【劇本二】
竹夢歸人

—— 漫渡時光之河，傾聽歲月雅音，尋覓新豐動人故事 ——

「歸仁文化中心再揭幕 ——在地藝術、在地元素，為新豐區量身打造的開幕大戲」

演出地點：歸仁文化中心

將戲劇結合傳統音樂，讓歷史影像投影帶領觀眾感受古新豐區的意象，再加入藝陣、布袋戲、現代舞、微電影……等元素，由台南市立民族管絃樂團演奏不同時代背景、文化意義的曲目，跨越四百年新豐區的歷史、地理、產業、人文，編織一場從過去、現在到未來的夢，期待觀眾不只是過客，而是「歸人」。

2023 年獲「112 年度傳藝 Go Young 培育計畫」重新改編劇本，更名「竹夢歸人，偶回來了」再度演出。

2022 歸仁文化中心開館大戲《竹夢歸人》
精華影片 10 分鐘版

「竹夢歸人」將帶領觀眾從外而內認識劇場空間，看見睽違數年文化中心「再回歸」的嶄新樣貌。劇場內，由台南市立民族管絃樂團演奏七首不同時代背景、文化意義的曲目，藉歷史影像投影帶領觀眾感受古新豐區的意象，再以戲劇手法加入藝陣、布袋戲……等元素，呈現新豐區獨特的宗教文化、表演藝術，最後藉由現代舞、微電影的劇情，讓觀眾回憶、認識在地家鄉過去到現在的故事。藉由不同媒材演繹，跨越四百年來新豐區的歷史、地理、產業、人文，編織一場從過去、現在到未來的夢，漫遊於音樂、影像、舞蹈與戲劇間，期待觀眾不只是過客，而是「歸人」。

演出呈現方式

01. 由台南市立民族管絃樂團演奏七首曲目。由樂曲風格引導戲劇情節發展。

02. 說書人穿針引線，藉由歷史影像投影，漫渡時光之河、認識古新豐區。

03. 加入藝陣、舞蹈、布袋戲……等元素，用多元的方式，演繹四百年來本地豐富的樣貌。讓觀眾在音樂饗宴中認識在地家鄉的樣貌與過去到現在的故事。

參與演出之藝術團隊（暫定）

01. 駐館樂團：民族管弦樂團

02. 影像設計團隊

03. 說書人：阿公、兒子（阿仁）、媳婦（阿娟）、孫子（小貴）

04. 藝姿舞集（藝陣、民俗類）

05. 飛揚舞團（現代舞、戲中戲）

06. 布袋戲：玉泉閣主演、古都支援（戲台戲、戲中戲兩組偶）

說書人角色介紹

01. 阿公：對話皆使用台語，1945 年生，76 歲，兩年前喪妻，家族世居歸仁關廟一代，現亦居住在歸仁關廟交界地區，身體硬朗。遠祖曾有平埔與荷蘭血統，以竹編為業，家傳有一兩分地，偶爾種些鳳梨或其他農務。

02. 兒子（阿仁）：對父親使用台語，對妻兒說話以國語為主。1977 年生，成大高材生，同為成大學妹的妻子是北部人，孩子出生後在妻子堅持下返北就業，母親離世後擔心父親身體，決定返家繼承家業並重新創造出產業價值。

03. 媳婦（阿娟）：皆使用國語。1980 年生，阿仁的成大學妹，台北人，台南就業，婚後希望可以讓孩子回北部讀書，認為北部各方面條件較佳，但北返後卻想念南部的陽光與自在的生活環境，考慮後決定南返。

04. 孫子（小貴）：國語、不太熟練的台語交雜。2010 年生，即將升國一，相較於北部，更喜歡南部的較無壓力的學習方式與生活步調，跟阿公感情好。

編創形式考量

台南市立民族管絃樂團為「駐館樂團」，未來長駐歸仁文化中心，因此以演奏為主，戲劇情節為輔，連結各種其他藝術形式（影像、舞蹈、戲劇），呈現樂團為主角，卻仍不失本演出欲傳達之目的：

01. 培養傳統藝術欣賞

02. 結合地方文化產業

03. 創造傳統表演藝術新風貌

⊠ 劇本分場

說書人　　民管　　影像　　舞蹈或戲劇　　布袋戲

場次	時間	主題	團隊	分場主題
1	2m		說書人	歡喜來看戲
2	4m	時光流轉	民管	演奏曲目一：以思古悠遠的漢風音樂呈現源遠流長的文化感。（二寮天空，約 03:50 左右）
			影像	新豐區老地圖故事 MV（荷、明、清時代）
3	2m		說書人	回憶新豐舊時光
4	4m		民管	演奏曲目二：建議置入日本老歌、鄧雨賢、思想起／牛犁歌等 50 年代經典音樂元素，讓觀眾有找到「彩蛋」的感覺，也象徵時間流動。（民謠組曲聯奏 04:00 左右）
			影像	新豐區老照片故事 MV（日治時代至近代）
5	1m	歡天喜慶	說書人	童年
6	5m		民管	演奏曲目三：與節日喜慶相關，喜氣洋洋、熱鬧傳統的民俗風情（歡天喜地迎媽祖 05:00）
			影像	迎神賽會老照片 MV
			舞蹈（新編，飛揚＋藝姿）	飛揚：呼朋引伴看廟會，以現代舞方式演繹群眾 藝姿：傳統廟會必備的表演（仙女舞、跳鼓陣……等）
7	1m	神威除厄	說書人	三大廟「三角交陪」的情誼與在地特色陣頭
8	7m		民管（本場後暫休）	演奏曲目四：磅礴雄偉，「神將除厄」的意象，為歸仁文化中心開幕祝賀。可加入戰鼓聲元素。（藝陣交響曲 07:00）
			影像	（可製作效果輔助舞蹈與音樂）。
			舞蹈（藝姿）	消災除厄的「藝陣組曲」家將、舞龍等較武之舞

拾萃　　　　　　　　　　　　　　　　　　竹夢歸人

劇本二

9	2m	偶戲風雲	說書人	廟口經典：陣頭之外，傳統布袋戲
10	15m		影像	藍天美景
			戲中戲（飛揚）	群眾，重現仙仔師當年的拚台場景
			布袋戲（玉泉閣）	重現黃春源、黃添泉成名作（音樂使用布袋戲傳統配樂）
11	3m		說書人	（旁白）玉泉閣與新豐區都面對著老化與傳承的困境
			戲中戲（玉泉閣、飛揚）	玉泉閣演著一樣的戲，但戲台下觀眾忽然轉身離去
12	1m	風雲變色	影像	轉場，陰鬱天色、悶雷，暴風雨前
13	2m		民管（同首歌-1）	演奏曲目五（上）：陰鬱灰暗，象徵地方沒落、傳產凋零、傳統文化被漠視。（演奏中，改以低旋律伴奏形式加入戲中戲）（風雲變色-1：秋 00:00-01:50）
14	2m		戲中戲（飛揚、說書人分飾）	幾個老人編著竹編，聊著傳承
15	2m		影像轉場	大雨，燈光變化，佐以紅瓦厝被拆除的紀錄片。
			民管（同首歌-2）	演奏曲目五（中）：續上段，陰鬱灰暗的樂曲（演奏到一半的時候，改以低旋律伴奏形式加入戲中戲）。（風雲變色-2：秋 01:55-03:45）
16	2m		戲中戲（說書人飾）	兒子偕同懷孕的妻子告訴老人欲離開家鄉，老人留不住孩子，孤單的身影
17	4m		民管（同首歌-3）	演奏曲目五（下）：續上段，曲風較之前為更渾厚悲涼。（風雲變色-3：秋 03:45-07:25）
18	2m	希望萌芽	說書人	孫子安慰阿公：「你不要難過！我們不是全家都回來了嗎？」
19	5m		民管	演奏曲目六：樂風與上場相反，清新而充滿希望，如早春、如朝陽，如雨後春筍、枯木逢霖……（希望萌芽：春 00:00-05:00）
20			飛揚（現代舞）	旅人歸來

21	2m	竹夢踏實	影像(微電影)	竹夢—祖孫的傳承
22	2m		飛揚、說書人	歸仁,歸人,營造「我們回來了!」(泛指文化中心回來了的意義)。
23	4m	重生再出發	民管	演奏曲目七:「歸人」,華麗歡欣、氣勢磅礴的 Happy Ending。(重生:靚樂二十 00:00-04:10)
			全體表演團體	大匯演—布袋戲、藝陣、舞團等全體都登台演繹
			影像	當代・新豐區之美。
24	2m		歡宴謝幕	全劇暫定約 70 分鐘內

☒ 對白劇本

場次	9	影像	✗	時間	2m
團隊	✗				
出場人物	說書人:阿公、兒子(阿仁)、媳婦(阿娟)、孫子(小貴)				

觀眾陸續進場。

距離開演前最後一分鐘,觀眾幾乎坐定後,祖孫與觀眾從同樣入口處進場。

阿公速度特別慢,很明顯有些躊躇。

小貴:阿公你走快一點,戲要開演了!

阿公:唉唷……我一緊張就想放尿,我看我還是再去放一次……

阿公欲轉身。

小貴:(抓住阿公)吼,你一分鐘前才剛尿過,沒有尿了啦!

阿仁:爸,緊坐好,你看(指現場觀眾),大家都坐好了。

阿公：（環視）齁……怎麼這麼多人？這什麼表演，怎麼這麼多人來看？

阿娟：今天很精采喔，有民族管弦樂團，還有舞蹈、戲劇……

阿公：我種田的，看無，我看我還是先出去外面等你們……

△ 兒、媳、孫同時架住阿公。

小貴：阿公你快坐下啦！

阿娟：（溫柔）阿爸，咱坐貴賓席，這VIP位子，很好內！

阿公：蛤？貴賓席……甘會很貴……

△ 兒、媳半推半就推著阿公入座。

△ 座位有別於一般觀眾，是在舞台旁邊的「特別席」，觀眾看得到他們的動態。

△ 阿公無奈坐下。

阿仁：阿爸，今仔日要演咱歸仁、關廟，新豐區的故事，不一定你比阮還懂！

阿公：新豐區的故事？

小貴：（低聲）不要聊天，爸、媽，手機關了沒？

阿娟：（檢查手機）有，（回頭看其他家人）關機了沒？大家都要關機喔！

△ 燈光三明三暗。

阿公：（驚）唉唷！怎麼關電火了？關了又亮，甘是電火壞去？

小貴：阿公，是要開演了啦！噓……

燈暗。

場次	10	影像	台灣老地圖故事MV	時間	4m
團隊	民族管弦樂團（演奏曲目一）					
出場人物	×					

燈光變化，音樂與投影同時開始。

音樂部分：民族管弦樂團演奏「曲目一」。

（二泉天空，約03:50左右）

演奏曲目一（風格建議：時光之河）
以思古悠遠的漢風音樂呈現源遠流長的文化感。

投影部分：台灣、台南老地圖故事MV（荷、明、清時代）

投影內容：配合音樂，引導時光流轉。影像呈現1.古台灣樣貌、2.荷蘭時代的台江內海、3.1684清領後的輿圖，康熙、雍正、乾隆……循序漸進，慢慢由大圖拉近到新豐區域，停格在台灣輿圖的新豐區，以字幕述說此地舊日歷史，由安平、麻豆、新港移居而來的平埔族人來此開墾。（下圖可參考）

投影內容：影像來到1744後的番社采風圖，看到新港、麻豆社民的生活狀況，平埔族人漸與遷居而來的漢人同化，建立欣欣向榮的家園……本段擬以新豐區的古地圖、古畫卷，配上字幕，引領觀眾進入時光之河、了解此地的歷史源起。（如附圖）

字幕建議：（配合影像素材，僅供參考、待討論）歸仁、關廟、仁德在漢人來到前都是平埔族西拉雅新港社的聚落開墾地，因為地處近山與平原交界處，也是先民分別由鹽水溪及二仁溪上溯拓墾路線的交匯處，因此開墾甚早。早在荷蘭時代，便有安平、赤崁一帶住民移入，在「舊社」北邊形成「後市仔」聚落，明鄭時期在保西附近成立書院，推廣教育，取「天下歸二焉」之義，通稱此鄉里為「歸仁里」，成為明鄭時期「四坊二十四里」之一……

△ 民管演奏告一段落，燈漸暗，燈光轉換，說書人燈區亮。
△ 投影可持續延續。

場次	11	影像	康熙輿圖	時間	2m
團隊	×				
出場人物	說書人：阿公、兒子（阿仁）、媳婦（阿娟）、孫子（小貴）				

△ 投影播放康熙輿圖，從台灣頭到台灣尾，慢慢流動。

小貴：爸拔，那些圖是什麼啊？

阿仁：是三百多年前，清朝幫台灣畫的地圖喔！

小貴：我是說那些穿的很奇怪的……

阿仁：那是西拉雅族，原住民……

阿公：（打斷）阮都說「平埔仔」啦！以前歸仁、關廟到仁德，都嘛是平埔仔，有「社」這個地名的都是，像你阿嬤後頭厝住舊社，卡早攏是平埔仔……

小貴：那我是「平埔仔」嗎？

阿公：有可能！不過，經過荷蘭、明朝、清朝，「平埔仔」早就跟漢人攪做伙，分不清了！聽說，你阿祖的阿嬤的阿公，是荷蘭人喔！

小貴：（驚）蛤？你怎麼沒說過？

阿公：你又沒問……

小貴：所以我是荷蘭人喔？

阿公：（比一點點的手勢）一點點啊！你看阿公，甘有特別「緣投」？

阿仁：難怪我覺得我像湯姆克魯斯……

媳婦阿娟噗哧笑出。

投影轉換為歸仁的老照片。

阿公：（驚喜）你看，這是我少年時常常去玩的地方！你們甘認得出來是哪裡？

投影進入近百年之近代影像。

締下場。

場次	12	影像	新豐區老照片故事MV	時間	4m
團隊	民管（演奏曲目二）				
出場人物					

音樂部分：民族管弦樂團演奏「曲目二」。

（民謠組曲聯奏 04:00 左右）

演奏曲目二

百年記憶 以經典音樂元素，象徵時代流動，建議隱約置入日本老歌、鄧雨賢、思想起、牛犁歌等50年代經典音樂元素，讓觀眾有找到「彩蛋」的感覺，也象徵時間流逝。

投影內容第一段：配合音樂的年代，挑選（1）1895-1945日治時期、（2）1945-1970光復初期的老照片，例如下圖，過去存在但現在不在的地點，找出具有代表性的故事，配上字幕，點出這段時間值得回憶的新豐區發展。

字幕素材：（僅供參考，待影像素材確定後再撰寫）明鄭後期，鄭經命參軍陳永華在歸仁燒磚瓦、建街市、築廟宇，來自大陸的陳、李兩姓移民，世代以製瓦為業，覺得歸仁土質適合製瓦，使回漳州接來大批親友，在水堀、舊社、仔腳、咬狗溪……等地設磚瓦窯廠，

「歸仁十三窯」的名號開始傳到台灣各地,陳、李兩姓移民,在「舊社」、「後市仔」間利用「十三窯」燒製的磚瓦築屋而居,屋瓦都是磚紅色,因此被稱為「紅瓦厝」。在明末清初,台灣居民普遍都用竹子、茅草或土角來蓋屋,歸仁人卻能使用「磚瓦」這種高級建材,在當時可謂「高級住宅區」,富庶進步,「舊社街」在清領初期也成為台南府城東門外最重要的市集⋯⋯

△　日治時期影像素材建議[1]:(附圖供參考)日治地圖、公部門之建築之外,紅瓦厝、磚瓦窯廠、歸仁舊社街、潭墘埤、磚磘埤、崙仔頂埤、查某埤⋯⋯等各種埤潭,塗頭蝨藥、理光頭上學⋯⋯等等時代回憶。

△　影像可配合樂曲中經典歌曲之年代。

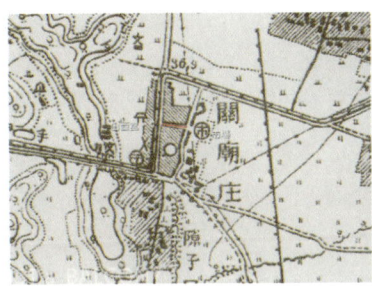

新豐社,位在關廟庄五甲,1934 年 11 月 22 日興建。

1　在日本人的規劃下,大約分為街區及市集兩區。今忠孝北路為舊街仔,是附近地區的「模範街道」,四處可見日治時期流行的和洋式建築。日本政府的公部門與公共投資如輕便車車站、歸仁圖書館、歸仁庄役場(原址為今歸仁里活動中心)、新豐郡役所警察課(位今歸仁派出所)、保正與甲長辦公集會的保甲局、屠宰場,及為提醒居民守時的重要而在圖書館對面(今加水站)設置的「時鐘台」等等,日治末期知名的保正李老吉家族故居,原址則在今歸仁里活動中心對街那排紅磚二樓舊建築,此外,保證責任歸仁信用購買販賣利用組合辦公廳舍(俗稱農會起家厝,已列歷史建築進行修復)、西醫涂明玉日明治 36 年(1903)首先開設的「東春醫院」,許溢深醫師於日昭和 10 年(1935)開設「仁壽醫院」、實業家劉隆泰開設的「劉隆泰染房」、歸仁地方富紳陳瑞東的產業店面與住處、由敦源社演進而來的敦源聖廟與歸仁北基督長老教會,都在舊街上。雖然許多舊建築已拆除,但在這一帶活動的點滴仍為老歸仁人難忘的記憶。

已拆除的歸園……等老屋。

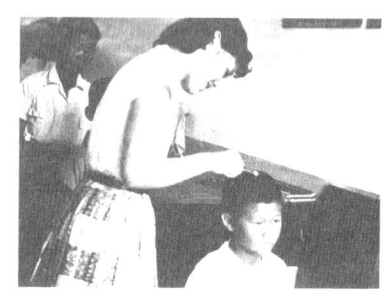

教室內的圖片為歸南國小歷史照片,參考資料:臺南市歸仁區歸南國民小學網頁。
http://gnes3.dcs.tn.edu.tw/gneshistory/?cat=4

隨著影像流動,樂曲慢慢進入尾聲。接續下場。

說書人的話語穿插在樂曲二與三之間,音樂不須特別停下來等待。

場次	13	影像	新豐區老照片	時間	1m
團隊					
出場人物	說書人:阿公、阿仁、阿娟、小貴				

說書人燈區亮。

小貴:那些照片裡的地方是哪裡啊?

阿仁:都是歸仁啊!

拾. 　　　　　　　　　　　　　　　　　　竹夢歸人

小貴：我怎麼沒看過？

阿仁：那都是以前，現在很多都拆掉了……

阿公：（略為激動）那相片……是阮細漢時候的記憶……那幾首歌……都是少年時愛聽的……真懷念……還記得細漢的時候，歸仁就發展的很好，清朝時代，仁德、歸仁、關廟這一條路線，是生意人的生意路，無論是出外人求平安，或者在地人求保庇，都要去廟裡拜拜，咱歸仁才會出好幾間大廟。我細漢時，尚愛去廟裡聽仙仔說故事，看熱鬧、看陣頭……

△ 燈漸暗。

△ 民管音樂接續下一首。

場次	14	影像	廟宇文化／三大廟王醮資料照片	時間	5m
團隊	民管（演奏曲目三）、飛揚舞團、藝姿舞集					
出場人物	飛揚—看廟會的群眾、藝姿—喜慶樂舞					

△ 本段有樂舞，因此影像部分注意不要搶了樂舞的焦點。

△ 樂團區燈漸亮，民管演奏曲目三。

（歡天喜地迓媽祖 05:00）

演奏曲目三（風格建議：文化同心）
與節日喜慶相關，喜氣洋洋、熱鬧傳統的民俗風情

△ 民管音樂漸起時，幾位「飛揚舞團」的舞者，著樸素的衣袍，帶著舞蹈感、雀躍的樣子，演繹群眾呼朋引伴看廟會的情境，帶起現場愉悅的氣氛。

△ 「藝姿舞集」演繹傳統喜慶廟會表演，本段樂舞以「迎春・賀年」

類較為歡樂、華美的柔性民俗舞蹈為主，如「七仙女」、「跳鼓陣」……等舞碼[2]。（舞碼風格務必與第四段「神威除厄」做區隔）

舞碼內容配合音樂。

若有使用投影，本段影像可以先用廟宇老照片，後段可以進入近代「三大廟王醮」的相關照片、「普渡場」、「藝閣」……等，先不要出武陣或家將的照片。（可參考附圖）

音樂漸入尾聲後，燈漸暗，飛揚的舞者離場，藝姿準備進行較為隆重肅穆的「陣頭組曲」。

關廟山西宮。

仁壽宮老照片（摘自《史地與香境》，臺南市政府文化局出版）

2 參考資料：飛揚沖天！熱舞舞集-節慶 https://www.youtube.com/watch?v=ZN7lkKQuwQ0

場次	15	影像	續上場，或試情況安排	時間	1m
團隊	✕				
出場人物	說書人：阿公、阿仁、阿娟、小貴				

△　曲目三漸入尾聲，表演暫歇。音樂、舞道燈區暗

△　一家人熱烈拍手。

小貴：廟會表演真的好好看喔！阿公，什麼時候廟裡表演最多？

阿公：當然是做醮的時候。

小貴：我小時候看過做醮！

阿公：咱這裡做醮，十幾年才一次，也不是常常有機會看……

阿娟：爸，三大廟是什麼時候開始建醮？

阿公：很久囉！日本時代以前就有了！為了送瘟神、保平安，歸仁仁壽宮、關廟山西宮、保西代天府開始做醮，後來「三角交陪」，規模愈來愈大，變做咱這裡特殊的民俗文化……

場次	16	影像	✕	時間	7m
團隊	民管（演奏曲目四）、藝姿舞集				
出場人物	藝姿—陣頭組曲（家將、武陣、舞獅龍等較具除厄意義的）				

△　音樂、舞蹈、燈光，同時以磅礡的氣勢展開。

△　本段有陣頭組曲，因此影像部分注意不要搶了樂舞的焦點，可不用有影像，或以半靜態畫面如：搖曳的燈籠、緩緩轉動的藝閣等不搶眼的素材。

「民族管弦樂團」演奏曲目四（本曲目因有陣頭組曲，故時間安排 7 分鐘較長，可與舞團做舞碼上的配合）：

演奏曲目四（風格建議：神威除厄）
曲風磅礴雄偉，以「神將除厄」的意象，象徵為歸仁文化中心開幕祝賀。音樂與舞團互和配合

「藝姿舞集」演繹「消災除厄」系的「陣頭組曲」，建議以「家將」、「宋江元素」為主體，最後再以「舞獅、龍」或較為熱鬧元素的陣頭將肅穆的氣氛拉回熱鬧歡欣。

需先跟民管樂團協調音樂部分，舞碼內容須配合音樂。

本段結束後，民族管弦樂團暫休，約 15 分鐘後才登場。

場次	17	影像	×	時間	2m
團隊	×				
出場人物	說書人：阿公、阿仁、阿娟、小貴				

說書人燈區漸亮。

小貴：我也想去參加陣頭、陣頭好帥氣喔！

阿公：練陣頭很累的喔！八家將開館前要練好幾個月，出陣透早三四點就要化妝，還要吃素……

阿仁：那你沒辦法，你又貪睡、又貪吃！

小貴：（怒）爸拔！

阿公：（笑）哈哈哈……作醮的時候，關廟山西宮附近的庄頭，嘛攏艾吃素！便當店都改賣素肉！

3 藝姿舞集：宮廟陣頭快閃紀實【八家將・改編】藝姿舞集（2020 給人不給神）
https://www.youtube.com/watch?v=gTnNynsAyPo

小貴：（驚）那我不就吃不到雞排了？

△ 媳婦輕輕敲一下孫子的頭。

阿娟：這是大家虔誠的表現！

△ 孫子嘟嘴扮鬼臉。

阿公：（笑）有神明保庇、有陣頭通看，你就卡忍一下……其實作醮好看的不只陣頭，還有歌仔戲、布袋戲……細漢時後，每次廟口請戲，大家是七早八早搬椅子去佔位，咱關廟的布袋戲，最出名！

小貴：布袋戲哪有什麼好看的。

阿仁：欸，那時候可不像你們可以滑手機，看布袋戲是高級休閒娛樂！

阿公：阿公細漢的時候，庄內人歸年通天攏嘛在做事，有戲能看，那是最大的消遣，不管是劍俠戲、金光戲，還是搬古冊歷史，人都擠得滿滿滿……

△ 本區燈漸暗，布袋戲區域燈漸亮。

△ 燈漸暗，但阿公繼續說話，成為下一場布袋戲的旁白。

場次	18	影像	藍天白雲、明亮氣氛	時間	15m
團隊	玉泉閣布袋戲、飛揚舞團					
出場人物	偶：黃添泉、黃春源、操偶師、大元帥、敵方首領、藤牌兵……等 人：飛揚舞團數人，飾群眾。舞者A、B有對白，需有演戲能力					

△ 延續著阿公的旁白（但說書人燈區暗）。

△ 布袋戲台區燈亮。重現五十年前經典的拚台場景。

△ 音效：熱鬧廟會背景音樂。

阿公：（續上場，旁白）古早時代咱新豐區的布袋戲是有夠「慶」，南部尚厲害的主演：「五大柱」、「四大藝師」，很多都咱在地的。最出名的就是關廟「仙仔師」──黃添泉，他14歲，就去安南十六寮跟人拚戲，攏拚贏！黃添泉的「玉泉閣」就這樣由台灣尾紅到台灣頭……

玉泉閣布袋戲班演出「戲台上的戲」與「戲台側的戲中戲」，暫定皆由偶演出。

兩種戲台：1. 相較於外場復刻較為華麗的玉泉閣戲台，內場僅需「陽春戲台」（因為此時的玉泉閣還不紅）。2. 戲台側還要延伸搭黑台，演出戲中戲。

戲中戲角色（共三尊戲偶）：黃添泉（小孩偶）、操偶師（普通人偶）、黃春源（老人偶）。

戲台戲角色：大元帥（藤甲兵）、敵軍首領、混世魔王、怪俠紅黑巾（亦可視劇團現有之木偶來變換角色）

偶戲中會穿插飛揚舞團的對白，故木偶角色使用灰點做區分。

【布袋戲台側（黑台）】

布袋戲皆台語發音。

戲台側，黃春源偶煩惱的來回踱步。

黃春源：唉……如何是好？如何是好？

操偶師出，東張西望。

操偶師：奇怪，戲都要開演了，咱團長是走去叼位？

黃春源在角落動作誇張的抓頭、煩惱。

操偶師找到他。

操偶師：駒！團長啊，戲都要開演了你還搵搵跑！緊回來到相

助,今仔日十多棚戲在抍台,你不緊奉送、叫人靠過來,咱戲棚仔腳一個人都沒有,面子掛不住!

黃春源:我就是在煩惱這個,怎知道今仔日安南十六寮場面這麼大、請這呢多棚戲,咱靠添泉啊一個猴囝仔,是要怎麼跟人抍?

操偶師:這……

△ 黃添泉出場。

黃添泉:是誰叫我猴囝仔?(東張西望)齁,原來是我這摳阿爸!你實在真沒知識,叫我猴囝仔,你不是變老猴?

黃春源:林北沒心情跟你五四三,今天場面那麼大,若是咱戲台下空空沒人看,傳出去抉當聽!以後會沒人敢跟我請戲!我看……包袱仔款款,棚仔拆拆,緊溜(酸)——

△ 黃春源欲跑走,操偶師抓住他。

操偶師:團長,你放心啦,添泉真有天分,你還記得之前給師仔放鳥,添泉抓到尪仔就上台扮仙,扮到戲棚腳噗仔聲拍不停?

黃春源:但是……他才國小剛畢業……還沒拜師學藝……

操偶師:你之前不是有甲伊送去關廟「瑞興閣」,拜陳深池為師?

黃春源:那才短短不到一個月……

操偶師:人家「瑞興閣」陳深池,是有讓添泉仔站去山西宮的戲台做主演!

黃春源:這……

黃添泉：阿爸，你放心，我自細漢看戲看到今，故事攏在頭殼頂！

黃春源：好啦，阿泉仔，咱玉泉閣的未來，就看你今仔日的表現！

鑼鼓音樂轉場

熱鬧布袋戲鑼鼓樂吸引觀眾聚焦。

【布袋戲台上】

戲台開演，以「偶的特技表演」如「舞獅」、「轉盤子」為主，暫無口白。

黃春源在黑台旁喊叫聚客。

黃春源：來來來，靠過來！玉泉閣精彩的表演馬上就要開始，緊張緊張緊張、刺激刺激刺激……

飛揚舞團數名現代舞者飾路人，可接續 S6 的狀態（備註 S6：「飛揚舞團」的舞者，著樸素的衣袍，帶著舞蹈感、雀躍的樣子，演繹群眾呼朋引伴看廟會的情境，帶起愉悅氣氛。）

舞者來到戲棚下時停駐。

舞者 A：（開心）這棚是布袋戲，我想欲看布袋戲！

舞者 B：（嫌棄）唉唷，頭前攏有歌仔戲、傀儡戲……寬看布袋戲啦！
（壞笑）我想欲看歌舞團……

添泉聞言，激起鬥志。

黃添泉：人客啊！我這布袋戲絕對精采，不會輸給別團的啦！

布袋戲鑼鼓音樂起，引起觀眾注意。

本段內容可與布袋戲團討論後修改口白內容。

武戲可參考以下連結（搜尋「布袋戲打藤牌跳窗」）：
https://blog.xuite.net/metallica0322/wretch/brick-view/165047341，或搜尋「掌中風華-「打藤牌」偶戲丑角趣味對打——黃武山」

△ 大元帥偶登場。

大元帥：手執元帥令，掌領百萬兵；誰人逆吾令，定斬不留情！

敵軍首領：好大膽，來到我軍地盤，竟敢說狂言大話！小小兵馬不是我軍的對手，看吾出招！

大元帥：哈哈哈……請了！

△ 戲台上演雙人對打之藤牌戲（玉泉閣[4]著名武戲），吸引舞者 AB 注意。

△ 舞者 B 欲走，舞者 A 卻看得興致盎然。

舞者 A：你看！打甲袂壞！咱先停落來看！

△ 黃添泉口白穿插於打鬥之中。

黃添泉：利鋒激盪、敵軍拔刀出劍、我軍以藤牌阻擋，往復之間，風雲變色……

△ 舞者眾人自四面集結，在戲台下群集、喝采。

△ 黃添泉演得更賣力，舞台上藤牌打得虎虎生風，伴隨特技動作。

△ 戲台下，每遇到特技動作，「群眾」便喝采不止。

【布袋戲台側（黑台）】

△ 戲台側，黃春源走出，看著戲台，連連點頭。

---

4 資料來源可搜尋 Youtube：關廟玉泉閣二團布袋戲／七寶樓（黃秋藤主演，民國74年）。

操偶師出，站在黃添泉旁。

操偶師：團長，你看，我就跟你說免煩惱！

團長：呵呵呵……添泉這個囝仔，真是沒給我漏氣！

操偶師：依我看，添泉不但袂乎你漏氣，未來擱會是你的驕傲！

戲台上戲偶打鬥告一段落，幕落……

舞者A：演完了喔？再來一場啊！

舞者B：再打一場！

台下眾人起鬨。

添泉走出到側台，找父親黃春源。

黃添泉：（緊張）阿爸阿爸，啊續下來要搬啥？

黃春源：這……大家看完反應還不錯，我看……你就看你頭殼內面有什麼故事，甲伊攏總演下去就對了！

黃添泉：（猶豫）蛤……安內……我甘可以演……混世魔王……大戰怪俠紅黑巾？

黃春源：當然嘛好！以後，阿爸的戲台，就由你發揮！

黃添泉：（開心）讚啦——

添泉點頭，蹦蹦跳跳跑回戲台區。

春源與偶師連連點頭。

舞者群發現演出者是個孩子。

舞者B：（對A、驚奇）欸欸欸，你看，抓尪仔的……好像是一個囝仔！

舞者 A：怎麼可能？

△　群眾湊過去查看。

【布袋戲台上】

黃添泉：（口白）狂風疾塵煙飛竄、荒原殺聲響雲霄，
　　　　龍爭虎鬥未止休，誰輸誰贏未知曉……
　　　　怪俠紅黑巾，來到混世魔王所住的山頭……

△　混世魔王戲偶亮相。

混世魔王：此山是我開，此樹是我栽，要想過此路，留下買路財！

△　紅黑巾戲偶亮相。

混世魔王：來者何人？

紅黑巾：吾乃一介小平民，江湖人稱紅黑巾！
　　　　忠貞義膽為人民，路見不平——不留情！

混世魔王：好大的口氣！哼！
　　　　　現在就讓你這個小平民，知影我混世大魔王的厲
　　　　　害……

△　戲台上，戲偶對打，雙劍對殺之類較華麗的武戲（為了舞台效果，請以偏金光式吸引觀眾）。

舞者 A：（驚喜）這麼細漢的囝仔，抓尪仔抓的這樣好？

舞者 B：依我看，不能叫伊囝仔子，要叫伊「囝仔仙」！

眾人：（此起彼落，呼叫）「囝仔仙」！

△　舞者眾人群集、喝采。

黃添泉演得更賣力。

黃添泉：（口白）刀如月、劍如鋒，單劍化雨似流星、鋒捲殘樓震天穹……
　　　　紅黑巾遇到混世魔王的無形劍氣，險要受傷，但是，他使出凌空漫步的絕招，逃過一劫……

戲偶展現凌空翻躍……等特技，或特殊雜耍技巧。引起群眾歡呼

孫子的話聲進。

場次	19	影像		時間	3m
團隊	說書人、玉泉閣布袋戲、飛揚舞團					
出場人物	說書人：阿公、阿仁、阿娟、小貴（並非是戲台前的群眾，而為「一般觀眾」身分） 布袋戲：黃添泉、兩隻武戲的偶 飛揚：群眾					

小貴：阿公，那在演什麼？

說書人區域燈微亮。

阿公：在「打武戲」啊！

小貴：打什麼？

阿公：打藤牌！還有劍俠戲……很精采欸！（敘述可依實際演出內容調整）

阿公看得目不轉睛、興致盎然。

孫子一臉無聊，轉而向母親求救。

小貴：媽，我不想看這個……

媳婦用手勢（噓）制止孫子。

阿娟：（低聲）這是阿公最愛看的！

小貴：他講的我都聽不懂……我對這個沒興趣，我想看別的……

△ 氣氛轉換的配樂陡進（如：遠方悶雷聲）。
（配樂將氣氛帶入較為「非寫實」的氛圍）

△ 戲棚上布袋戲繼續演著，但隨著孫子的話聲，布袋戲棚下的觀眾（舞者眾人）猛然從剛剛的寫實、熱鬧附和，轉為冷淡、靜默。

△ 觀眾（舞者眾人）定住不動數秒後，各自轉身，面無表情面對某個方向。

△ 悶雷聲音效。

△ 台上戲偶停了下來。

△ 黃添泉偶走出側台。

△ 群眾默然地各自從不同方向陸續走出場外。

黃添泉：人咧？觀眾咧？欸，留下來看啊！
不要走，攏有很多很精彩的……欸……

△ 黃添泉偶試著想伸手挽留，但觀眾頭也不回的離去。

△ 舞台上燈漸暗，只剩一盞微光，打在黃添泉偶的身上。

△ 黃添泉無力低頭、蹲下、悲傷。

△ 轉場音效進，影像淡入。

△ 戲台區燈暗。

場次	20	影像	雨景／晦暗意識流	時間	1m
團隊	×				
出場人物	×				

△ 音效：續上場，悶雷、暴風雨。

△ 影像投影：配合音效，「暴雨」或「陰鬱、晦暗的意識流」，象徵地方沒落、傳產凋零、傳統文化被漠視（影像可續至下場）。

△ 轉場效果中，民管音樂進。

場次	21	影像	雨景，或續上場	時間	2m
團隊	民管：演奏曲目五-1（00:00-01:50）				
出場人物					

△ 民管音樂演奏第一個段落：00:00-01:50。（剛好有一個頓點）

（風雲變色：秋 00:00-01:50）

演奏曲目五-1（風雲變色）
象徵地方沒落、傳產凋零、古蹟文物被漠視。

△ 陰鬱灰暗的樂音，象徵地方沒落、傳產凋零、傳統文化被漠視。

△ 下場演出時，民管可暫停，或伴以極低的情境聲音。

場次	22	影像	雨景	時間	2m
團隊	飛揚、說書人、民管				
出場人物	說書人：阿公，飾演阿公 飛揚：兩位演員飾演老人A與老人B（可同上一場的觀眾A、B）				

△ 舞台某區，燈漸亮。

△ 幾個老人編著竹編，身邊放置著一些竹片與完工的竹簍。

　　老人A：（看天色，嘆）……雨怎會愈落愈粗？

　　阿　公：（蹣跚起身整理竹片）竹子要收卡進來，不要淋到雨。

　　老人B：（憂）不知會淹水否？我先轉厝看看。

　　老人A：（驚）ㄏㄨ（「對」之意），愛轉去看麥！

拾萃　　　　　　　　　　　　　　　　　　　　　　　　竹夢歸人

△　老人A、B蹣跚起身，阿公繼續編著竹編、向他們叮嚀。

　　阿公：卡細意欸，別滑倒！

　　老人A：（對阿公）你卡好命啦，兒子媳婦都在身軀邊，有人
　　　　　　照顧……

　　阿公：你女兒不是也有在給你幫忙？

　　老人A：無啦……嫌做這個累……又沒前途……去市內呷頭路了。

　　阿公：哼？怎麼會沒前途？你自細漢做，做到接到外國人的訂
　　　　　單、外銷欸，生意做多大，她毋知！？

　　老人A：那是以前啊！

　　老人B：（嘆）唉，這功夫歹學、少年人坐不住……

　　阿公：（嘆）時代不同款了……

△　老人A、B閒聊中離場。

△　阿公繼續竹編。

△　轉場效果中，民管音樂進。

場次	23	影像	紅瓦厝或磚窯被拆除的記錄	時間	2m
團隊	民管：演奏曲目五-2（01:55-03:45）				
出場人物	阿公				

△　阿公一個人默默地編織著。

△　民管音樂再度演奏，從 01:55-03:45（剛好又是一個頓點）。

　　（風雲變色：秋 01:55-03:45）

演奏曲目五 -2（風雲變色）
象徵地方沒落、傳產凋零、古蹟文物被漠視。

投影：影像從雨景慢慢淡入古色古香的「紅瓦厝屋頂的空拍畫面」，從彩色慢慢復古處理，接續到紅瓦厝被拆除、十三窯被夷為平地……的記錄畫面。

點到為止、不過度地呈現那些已消逝的、歸仁特殊的影像記憶。

民管演奏到本曲 03:45 秒時，續下場戲中戲。（下場演出時，民管可暫停，或伴以極低的情境聲音。）

場次	24	影像	雨景	慢慢淡出	時間	2m
團隊		說書人、民管				
出場人物		說書人：阿公、阿仁、阿娟				

阿公一個人默默地編織著。

兒子扶著大腹便便的媳婦（象徵這是十年前的事，小貴還在肚子裡），到阿公身邊，卻踟躕未敢出聲。

遠方淡淡的雷聲響。

投影影像：雨景，或可慢慢淡出不需要影像。

阿公抬頭看天，看到兒子與媳婦，驚。

阿公：恁怎會在這？

阿仁、阿娟對望一眼，阿娟猶豫退卻……阿仁連忙開口。

阿仁：阿爸，阮想說……

阿娟：（打斷、國語）沒有啦……下雨了，阿爸，進來休息了。

△ 阿娟以眼神示意阿仁別說了。阿仁卻想開口，兩人交換著眼神。

△ 阿公狐疑地盯著兩人。

阿公：有什麼話要跟我說？要說就說，免這樣……目眉睨甲強欲脫窗去！

△ 阿仁、阿娟尷尬。

阿仁：就……阿娟（ㄍㄨㄢ）再兩個月就要生了，她想說要回去台北生……
在那裏……病院卡好，嘛有專門坐月子的所在……

△ 阿公看向媳婦，媳婦尷尬。

阿娟：沒有啦，爸，你如果覺得不好，我也不一定要回去。

阿公：（看向兒子）……你咧？

阿仁：我就……去台北吃頭路……金嘛找到一個不壞的工作，薪水一冬有百餘萬……

阿公：你們攏決定好，就好啊。

△ 阿公低頭，繼續編織著。

△ 媳婦抓住兒子的衣角，兩人尷尬對視。

△ 雨聲漸大、燈漸暗。

△ 民管音樂接續。（從 03:40 左右開始）

場次	25	影像	X	時間	4m
團隊	民管：演奏曲目五 -3（03:45-07:25）					
出場人物	阿公					

△ 樂聲中，阿公默默地編織著。

△ 約演奏一分鐘後，該區域燈漸暗。（燈暗後阿公離開、快換、回說書人位置，準備接續下場。）

△ 民管音樂續上段，音樂收在悲傷而激昂的部分即可（07:25 處，後續 5 分鐘先不用）。

（風雲變色：秋 03:45 07:25）
演奏曲目五-3（風雲變色）
象徵地方沒落、傳承凋零、古蹟文物被漠視。

場次	26	影像		時間	2m
團隊	說書人、民管					
出場人物	說書人：阿公、阿仁、阿娟、小貴					

△ 燈尚未亮，上場音樂甫停，孫子就說話。

　　小貴：阿公……你在哭喔？

△ 說書人燈區、燈微亮，可以看到阿公慌忙地擦拭眼角、揉鼻子。

　　阿公：黑白說！

　　小貴：你怎麼了？

　　阿公：我……鼻孔癢、過敏啦！

△ 媳婦見狀，立刻從包包裡拿出紙巾給公公。

△ 阿公接過紙巾，用力擤鼻涕。

△ 兒子見狀，一手還過父親的肩膀，輕拍。

　　阿仁：阿爸，別傷心，我不是轉來了嗎？阮歸傢影仔擺轉來了！

　　阿公：（瞪、兇）就說我過敏啦，跟恁是有什麼關係？

劇本二

△　阿仁、阿娟對看，憨笑。

　　阿仁：沒關係、沒關係……咱……繼續聽歌！

△　續下場，音樂下。

△　說書人燈區暗。

場次	27	影像	充滿希望的新豐區	時間	5m
團隊	民管：演奏曲目六／飛揚舞團、說書人					
出場人物	飛揚舞團（飾演歸鄉眾人）					

△　民管演奏第六首曲目，曲風清新、歡欣、充滿希望。

　　（希望萌芽：春 00:00-05:00）

　　演奏曲目六（希望萌芽）
　　樂風與上場相反，清新而充滿希望，
　　如早春、如朝陽，如雨後春筍、枯木逢霖……

△　影像：（可進行前 2 分鐘即可，內容僅為建議）

　　1. 鳳梨從苗開始發芽生長成果的縮時攝影
　　2. 花卉從種子發芽生長開花的縮時攝影，慢慢拉到一整片歸仁花自然園區
　　3. 麵粉揚起、和入水中，揉麵製麵，陽光下曝曬著麵條的的屋埕……

　　可綜合呈現新豐區特產的生產過程、周邊自然風貌。
　　待飛揚演出時，影像可淡出。

△　飛揚演出：

　　01:25 開始。穿著打扮象徵各種不同行業的舞者各自拉著行李、背著包包，從劇場各個通道進入。（角色僅為建議）

1. 上班族套裝的三十歲女生，拉著小登機箱。
2. 畫家帽、掛著相機、背著行李一路拍照的四十歲攝影師。
3. 藍領襯衫、休閒褲，拉著大行李的藍領男子（40-50Y），一手牽著年紀相仿的女士，一手拉大型行李箱，女士也拉著中型行李箱。
4. 三十多歲拘謹女性牽著中年母親，女性環顧故鄉忍不住微笑，母親提著茄芷袋，一路親切點頭打招呼。
5. 不修邊幅、頭髮亂亂、藝術家打扮（可能還有明顯刺青）的年輕人，揹著大背包。
6. 穿著合身美麗長裙的優雅女子，挽著時尚小包，輕盈地跳舞、旋轉進場。
7. 最後是說書人的兒子、媳婦牽著孫子，拎著大包小包返鄉。孫子好奇的指指點點。

每一組人進場，各自有 10-15 秒「走進」的 SOLO 時間，便接續下組，每組之間略有重疊。

03:00 起，眾人合舞。（煩請飛揚舞團編 03:00-05:00 兩分鐘左右，「歸人」為主題的現代舞。）

樂曲結束，投影隨即播放「微電影」。

場次	28	影像	微電影—竹夢	時間	2m
團隊					
出場人物	阿公、孫子（影像預錄）				

兩分鐘微電影：

場景：夢幻竹林美景。

角色：阿公、孫子兩人。

小孫子牽著阿公的手走在竹林裡，好奇地東問西問。

孫：阿公，這是什麼竹子？

　　　　阿公：（一一介紹）這是麻竹，這是金絲竹……
△　特寫竹子。
△　竹子的間隙間看見祖孫湊近的大臉。
　　　　孫：這個咧？
　　　　阿公：這是長枝竹，阿公做竹籃仔就是用這種……
　　　　孫：阿公，你會用竹子編出那些東西啊？
　　　　阿公：多囉，大大小小自頭頂到土腳都可以做，斗笠、籃子、
　　　　　　　畚箕、嬰兒睏的搖籃、大人躺的竹蓆，阿公攏嘛會……
　　　　孫：阿公你好厲害喔！
　　　　阿公：（得意）沒啦……
△　兩人走著，阿公隨手指著旁邊一叢竹。
　　　　阿公：小心喔！這刺竹仔，攏是刺。
　　　　孫：怎麼不把它砍掉？
△　阿公微微笑，拉下刺竹的小竹枝，順手一折。
△　阿公用刀片熟練削下竹片。
△　阿公蹲在地上敲敲打打。
△　一隻竹蜻蜓完成了。
△　阿公笑臉盈盈地把竹蜻蜓遞給孫子。
　　　　孫：（驚喜、崇拜）阿公教我！我以後也要學編竹子！
　　　　阿公：（笑）做這途太辛苦，阿公會毋甘……

孫：哼，如果你不教我，那以後這些東西誰來做？阿公，你教我啦……

阿公笑了，拿起竹蜻蜓一搓，竹蜻蜓飛起。

鏡頭隨著竹蜻蜓往上飛舞，慢慢飛上新豐區的天空。

空拍：歸仁、關廟、仁德，整個新豐區與地平線上遼闊美景。

阿公 VO：只要用心對待，歹竹嘛也出好筍，每一隻料、每一個人、每一塊土地，都有伊的價值……

場次	29	影像	續上場空拍畫面	時間	2m
團隊	飛揚舞團、說書人					
出場人物	眾歸鄉人：飛揚舞團與說書人一家					

舞台區燈漸亮。

孫子跑到場中央，大喊。

兒子、媳婦隨後跟上。

小貴：阿公，我回來了！

阿仁、阿娟：（同聲）阿爸，我們回來了！

表演者從四處湧入。以下對話內容僅供參考，視表演者狀況修正。

以下對白暫定。（照 S19 組別順序，每組先後對話）。

1. 上班族：爸、媽，我回來了！以後我幫你們顧店！

2. 攝影師：我想回來教書……

3. 白領夫妻：回家了……我的家鄉，我想回家！

4. 母女：媽，咱轉來了，轉到歸仁，你有歡喜否！

5. 藝術家：我回來了，熟悉又陌生的地方，我想為這裡寫一首歌。

6. 舞者：我回來了，陽光燦爛的故鄉，我想為這裡跳一隻舞……

場次	30	影像	×	時間	4m
團隊	民管：演奏曲目七／所有其他團隊				
出場人物	全體				

△　民管演奏第七首曲目。

　　（重生：靚樂二十 00:00-04:10）

　　演奏曲目七（重生・從這裡再出發）
　　華麗歡欣、氣勢磅礡的 Happy Ending。

△　整段表演仍需由導演、動作設計統籌規劃，以下僅供參考。

△　演奏第一分鐘：

△　00:00-01:07，舞台上眾人（飛揚舞團表演者）先就樂曲氛圍進行舞蹈編排。

△　01:08-02:50，藝姿舞集出場，就本樂曲編排富含傳統元素的舞。一首舞。

△　02:00 後布袋戲燈區亮，戲台上熱鬧上演。

△　飛揚的群眾演員穿梭在熱鬧的台上台下，觀賞著、享受著。

場次	31	影像	待定	時間	5m
團隊	民管：演奏曲目（安可曲？）／全體團隊				
出場人物	全體				

△　民族管弦樂團起身接受大家的掌聲。

△　民管演奏安可曲。

△　各團隊謝幕。（若要再有一段謝幕戲，亦可編排語言台詞）

（劇終）

◎ 演出劇照 圖片來源／臺中市政府文化局提供（種瓜育藝比意傳社群新聞／文宣部）

| 台江建庄 200 年大型戶外多媒體音樂舞蹈劇

【劇本三】
台江向望
天定・神佑・民安居

演出地點：安南區果菜市場戶外巨型舞台

以「海洋」、「土地」、「香火」、「未來」為主旨，以「溪海交替」、「釘根生湠」、「保境佑民」、「台江向望」作為四大段落的編排走向，使用富戲劇內涵的「舞蹈劇場」為呈現方式，結合燈光、影像、音樂，呈現，營造「浩瀚台江、神興人旺」之氣勢磅礡，將台江數百年人文、特色，華麗匯演。

2023 台江建庄兩百年紀念大戲精華影片 15 分鐘版

2023 台江建庄兩百年紀念大戲 2 小時完整版

☒ 演出大綱主題

01. 以「海」、「土」、「香」、「興」為主旨（「海洋、土地、香火、未來」）。
02. 以「溪海交替」、「釘根生湠」、「保境佑民」、「台江向望」作為四大段落的編排走向。
03. 以富戲劇內涵的「舞蹈劇場」為呈現方式，使用不同藝術媒材、表演團隊，結合燈光、影像、音樂、呈現，營造「浩瀚台江」氣勢磅礴之震撼，將台江數百年人文、特色，華麗匯演。

段落一：溪海交替（海）

- 循台江發展時間軸，由大海意象：「浩瀚台江」華麗開場。
- 藉燈光音效、舞者肢體語言、說書人（賣菜郎）戲劇性導聆循序呈現溪流沖刷、內海退縮、溪海交替、海埔新生的意象。

段落二：釘根生湠（土）

- 藉由舞蹈、影像、音效呈現氣勢磅礴、山崩地裂的海埔新生、新希望開始。
- 移民遷徙、開墾創建、胼手胝足、釘根生湠，賣菜郎一家的生活型態，便是大台江的縮影，也是台江新生的見證人。
- 逢風雨即氾濫的溪流成為安居的隱憂，豐足的家園成為盜賊覬覦的目標。原鄉信仰延續之際，有形的防禦應運而生。
- 本段足聲加入保家衛民的「宋江陣」、「武陣興起」也代表居民以在此落地生根。

段落三:保境佑民(香)

- 隨著移民定居,不同聚落傳承原鄉香火,形成台江 16 寮多元信仰文化。
- 本段以影像呈現轄境大廟、以賣菜郎家的短戲,帶出台江重要之神明傳說,如:媽祖、大道公、淵海佛祖、飛虎將軍……等。
- 舞蹈表演穿插其中,加入八家將、跳鼓陣……等藝陣元素的舞曲。

段落四:台江向望(興)

- 舞蹈加入串接時代歌曲的歡欣歌舞顯示時代流轉、台江的過去到欣欣向榮的現代。
- 以賣菜郎家庭故事帶出台江在產業與科技、工業上的變化。
- 謝銘佑領唱「魚毋知」、「台江人」,並由合唱團、社大學員共同大合唱。
- 壓軸的「刈香」以真實陣頭:宋江、白鶴、金獅陣護駕神轎,繞場象徵遶境。
- 最後由所有表演者共同編創一段華麗匯演,從觀眾席拉開漁網,象徵台江未來的希望。

☒ 演出團隊

01. 舞蹈團隊:約 50-70 人。
02. 說書人(戲劇):阿爸(菜頭伯)、兒子阿興(賣菜郎)、媳婦阿秀(賣菜嬸)。

03. 武陣：宋江陣、白鶴陣、金獅陣。
04. 謝銘佑老師。
05. 合唱團。
06. 歌手、其它團隊（視需求安排）。

◎ 分場大綱

戲劇　　舞蹈　　音樂　　影像　　其他

主題	場	時	標題	形式	分場摘要
	序			戲劇	演出前提醒
海 20分 溪海交替	1	8	浩瀚台江	舞蹈一	震撼開場：浩瀚台江—開天闢地 舞者像海浪般包覆整著舞台，在舞台上翻滾跳躍，象徵年輕、充滿爆發力的台灣，呈現危險、複雜、海盜海賊橫行的大航海時代 （本場次需有明確的結尾，轉下場說書人＋投影）
				音樂	風格：震撼鼓樂、開天闢地、氣勢奔放
				影像	風格：配合舞蹈氛圍，以大海意象的光影投射為主（建議為非寫實的意象畫面為主）
	2	2	1623	影像	1623片頭，疊1640年荷蘭繪製台灣圖，慢慢zoom至其中的台江內海區，淡入接續1626葡萄牙人繪製之台江內海圖…… 本場次呈現歷史轉場，以接續下一場真實海景影像
				音樂	風格：寬廣、感人
				說書人 OS	你甘知影這是叼位？ 這，是四百年前的台灣， 這，是大海和溪流中間的海岸，

劇本三

主題	場	時	標題	形式	分場摘要
海 20 分 溪 海 交 替	2	2	1623	說書人 OS	這，是母親的腹肚，培育出豐富的台灣文化， 這，是海，是土，是先人一步一腳印開墾的夢…… 這就是咱現在踩著的所在，這的名，叫「台江」。
	3	8	海江精靈	舞蹈二	海洋精靈： 化身為海鳥、海翁的舞者悄悄來到觀眾席周遭，揮舞海藍色的衣袖或彩布，像是把觀眾圍在大海之中 （本段若能使用大量表演者，讓觀眾覺得身處海與燕鷗之中，觀眾席也成為演出的一部分，有互動性更佳）
				音樂	風格：喜悅、希望、精靈般輕快奇幻
				影像	海洋美景、海天一色、燕鷗翱翔、魚群翻騰……
	4	2	1722	說書人 OS	「台江」這個名，何時出現？ 最早的記錄，在西元 1722 年。（配合影像 1.） 將「台江」寫入正史之中，是在 1744 年，乾隆 11 年的「重修台灣府志」（配合影像 2.） 彼時，台江是內海，來自島內高山的溪水，與外海的鹹水在這裡交流，這裡是台南的灶腳，魚、蝦、螃蟹、蚵仔，攏是台江送給漁民的禮物。（配合影像 3.） 但是，天有不測風雲，沒人想得到，有一天這片大海竟然會變成土地……（接續下場雷聲） （參考資料：吳茂成，《台江內海及其庄社》(2013)，頁 71）
				影像	古書卷軸風格圖文，文字一字一字疊加（帶領觀眾閱讀）：

主題	場	時	標題	形式	分場摘要
海 20分 溪海交替	4	2	1722	影像	1. 藍鼎元《東征集》（1722）：「惟丙午之大捷，收鹿耳與安平，戰艦蝟泊於台江。」 2. 范咸《重修台灣府志》（1744）：「台江：在縣治西門外。大海由鹿耳門入，各山溪之水匯聚於此。南至七鯤鯓，北至蕭壠、茅港尾。」 3.《康熙輿圖》過渡至《乾隆輿圖》，展現地形與行政區的變化
土 20分 釘根生湠	5	2	1823	音樂	1. 巨大的雷擊（打破前場營造的氛圍） 2. 與上一場迥異的緊張音效後接
				燈光	雷擊、天崩地裂效果
				影像	1823字卡，後接古書卷軸風格圖文（文字如下）： 台灣海防同知姚瑩《東槎紀略》（1829）：「道光三年七月，台灣大風雨，鹿耳門內，海沙驟長，變為陸地。」；「七月風雨，海沙驟長。當時但覺軍工廠一帶沙淤，廠中戰艦不能出入；乃十月以後，北自嘉義之曾文、南至郡城之小北門外四十餘里，東自洲仔尾海岸、西至鹿耳門內十五、六里，瀰漫浩瀚之區，忽已水涸沙高，變為陸埔，漸有民人搭蓋草寮，居然魚市。」
				說書人OS	1823年，翻天覆地的變化，忽然間發生！1823年，大風颱來了！狂風暴雨、烏雲蔽日、天地變色、日月無光，曾文溪岸土石崩落、鹿耳門港海沙驟長，不過短短幾天，台江內海竟然風雲變色，鹿耳門港不見了、大海、鯤鯓、沙洲，遂都變作一整片的陸地……
	6	5		舞蹈三	天地劇變、毀滅與重生： 黃沙覆地、巨浪滔天、土石奔流、當舊的一切崩壞，新的生命、新的秩序卻準備重新開始……

劇本三

主題	場	時	標題	形式	分場摘要
土 20分 釘根生湠	6	5	1823	舞蹈三	整支舞呈現巨大的混亂，在恐慌中結束、倏然回歸安靜。續下場，日出……（象徵新生）
				影像	配合舞蹈，以同樣的風格呈現
	7	3	日出	影像	輕柔、朝露般充滿希望的輕音樂 搭配日出的影像：光芒萬丈，象徵風雨後的雨過天晴
			賣菜人生	說書人戲劇	賣菜郎開場戲：（詳見劇本第五場）摘要：從賣菜人生帶出本地農產，以在地人練宋江的過往引導宋江陣表演出場。
	8	10	保衛家園	宋江陣	海尾宋江陣：從觀眾席入場，演繹宋江精華陣勢與武功
香 20分 保境安民	9	3	台江信仰	說書人（戲劇）	賣菜郎戲劇：（詳見劇本第七場）從陣頭文化延伸到16寮的廟宇與神明信仰
	10	7	香火傳家	文陣	在地文資藝陣：天子門生
				舞蹈四	舞蹈：開拓家園、傳遞香火
				音樂	風格：傳統元素、吉祥
				影像	配合舞蹈意象 先呈現台江地區的地形、自海向陸的水域流向、16寮的位置 再呈現16寮的代表廟宇形象照、廟內主神的照片＋文字……
	11	2	合心合興	說書人OS	上一場舞蹈的轉場中加入說書人的敘事（預錄可）為台江內海的信仰，做引言式的敘述。（詳見劇本第8場）（可考慮是否要加一小段布袋戲？）
	12	8	神威除厄	影像	續上場，配合在地的神明故事以廟宇、神明的照片＋字卡 用影像介紹神明的特色
				音樂	傳統、熱鬧，結合藝陣元素
				舞蹈五	藝陣主題舞：保境安民、神威除厄

主題	場	時	標題	形式	分場摘要
興 30至35分 台江向望	13	1	1923	說書人阿秀 OS	咱台江人和神做伙在這片土地在溪邊在海角做著美麗的夢 這是個適合做工、戀愛、生活、做夢的好所在 這是我的故鄉（合唱前奏） 故鄉呀故鄉 等我 等我 做伙唱出思念的夢（續合唱團）
		5		合唱團	河邊春夢＋思念的歌（兩首重新編曲融合為五分鐘左右）
			時代戀歌	舞蹈六	（舞蹈內容配合合唱團，可能僅2-5位）民初、日治年代感的復古優雅
				影像	配合舞蹈與歌曲的意境
	14	6		舞蹈七	輕快的年代感組曲匯演，歌單建議：1.四季紅、2.快樂的出帆、3.一見你就笑……（可拼3-5首）將本戲由過往歷史的節奏帶到當代。！整段組曲停留在一個歡欣的高潮後，全場瞬間燈暗！續下場……
				音樂	重新編曲，將四季紅、快樂的出帆、一見你就笑等三到五首經典輕歌曲照年代編彙編成6分鐘組曲。
	15	3	台江印象	音樂謝銘佑	魚毋知（全場僅一 Spot light 打在主唱身上營造氣氛）
				影像	大海（續下場）
	16	2		說書人短戲	（短戲）從魚栽調，聊到家族的產業、傳承，以及未來的願景。（詳見劇本第11場）
	17	4	當代台江	影像	（續上場）從海景延伸出台江之美、台江的科技與現代 四草野生動物保護區、曾文溪口北岸黑面琵鷺野鳥保護區、曾文溪口、四草、七股鹽田、鹽水溪口、五期重劃區、台南科技工業區、新吉工業區、九份子……
				謝銘佑合唱團	台江人

劇本三

主題	場	時	標題	形式	分場摘要
興 30 至 35 分 台 江 向 望	17	4	當代台江	舞蹈八	以「台江人」為主題，呈現與上個時代不同較具現代感之舞碼
	18	2		說書人短戲	說書人一家，講述文化的傳承。（劇本待定） （現在的安南區不一樣了，愈來愈多年輕人來，以後可能會變成台南最多人的一區喔！至於文化，只要把故事繼續講下去，大家就不會忘記。神明生日、野台作戲、刈香熱鬧、還有今天來看戲，都是文化的傳承……（續下場，神明刈香出巡）
				音樂	續下場，營造出「刈香」氛圍，熱鬧的廟會音樂
	19	10 至 15	神興人旺	舞蹈 藝陣 神轎	以「刈香」作為呈現的主題概念 宋江陣、金獅陣、白鶴陣、舞者扮演的鼓花陣、七仙女等陣頭，護駕神轎遶境場內
	20		歡喜謝幕	表演團隊匯演	謝幕戲，表演者遍地開花（本段待排） 尾聲，從觀眾席拉出一張大網，表演者與觀眾共同拉動大網，流過觀眾席、來到舞台上，再推出魚形氣球或大圓氣球象徵產業的傳承、以互動參與的方式為戲畫上句點。

☒ 對白劇本

＊為求閱讀清楚，投影在投影幕上的字卡（無旁白）底色反黃

＊旁白：粗體字

場次	1	團隊	影像、音樂、旁白	時間	2M
人物	旁白 VO ／舞者				
主題	1623				

△　開場音樂。風格：寬廣、感動。

投影幕淡入 1640 年荷蘭繪製的台灣圖、拉近、淡入 1626 葡萄牙人繪製之台江內海圖。

旁白：你甘知影這（Jia）是叨位？
這（Jia），是四百年前的台灣，
這，是大海和溪流中間的海岸，
這，是母親的腹肚，培養出豐富的台灣文化……
這，是海，是土，是先人一步一腳印開墾的夢……
這，就是咱現在踩著的所在。
這的名，叫「台江」。

投影幕字卡：「1623」。

音樂澎湃進。

場次	2	團隊	影像、舞蹈、音樂、燈光、鼓	時間	8M
人物	舞者／十鼓				
主題	浩瀚台江				

舞蹈一：浩瀚台江—開天闢地。（配合十鼓團隊）

風格：震撼的鼓樂、強烈的節奏，營造出開天闢地的磅礴氣勢。

本段最後兩分鐘，投影畫面加入以下文字：（可採手寫效果）

字卡一（建議一行一行依序書寫呈現）
台江對你來說是什麼？
是海？
是土地？
是母親？
是生命？
是生活？
是習以為常的每一天？

劇本三

△ 字卡二
台江的海從哪裡來?
台江陸地從哪裡來?

△ 字卡三
關於島嶼的身世
關於台江的故事
關於這段如夢似幻的生命發展史

場次	3-1	團隊	影像、舞蹈、音樂、燈光	時間	4M
人物	舞者
主題	海江精靈

△ 舞蹈二:海江精靈 -1

△ 大量的舞者化身海浪、海鳥、魚群……像是把觀眾圍在大海之中。

△ 燈光:海的光影投射在各個角落。

△ 影像:海洋美景、海天一色、燕鷗翱翔、魚群翻騰……配合音樂與舞蹈的意境、節奏,呈現台江變化的畫面。

△ 音樂:喜悅、希望、精靈般輕快奇幻。

△ 音樂 01:48 後影像可參考以下內容、搭配字卡以銜接下段:
漫長的時代,許多不同的族群,在這裡,相遇
海洋的生物,空中的飛鳥,陸地的動物,南島文化的祖先
原住民族與外來移民　相遇、磨合、往來、衝突
在這裡書寫不同時代的記憶
1624 年,荷蘭人登陸台江內海外圍的沙汕建立熱蘭遮城

△ 04:19 音樂轉折,續下場。

場次	3-2	團隊	影像、舞蹈、音樂、說書人、	時間	4M
人物	舞者（多）				
主題	1723				

舞蹈二：海江精靈-2

投影字卡：1722。

影像風格從「海洋意象」轉換為「古冊史圖」。

舞蹈 04:20 旁白進：

> 旁白：西元1722年，「台江」這個名，頭一次出現在古冊的文字內面。
> 西元1744年，《重修台灣府志》記載：
> 「台江：在縣治西門外。大海由鹿耳門入，南至七鯤鯓、北至蕭壠、茅港尾。」

影像配合旁白
字卡二：藍鼎元《東征集》（1722）：「惟丙午之大捷，收鹿耳與安平，戰艦蝟泊於台江。」
字卡三：范咸《重修台灣府志》（1744）：「台江：在縣治西門外。大海由鹿耳門入，南至七鯤鯓、北至蕭壠、茅港尾。」

影像元素參考：《康熙輿圖[5]》。或自由發揮。

舞蹈 04:50（可愛海鮮們）搭配以下旁白：

> 旁白：來自島內高山的溪水，與外海的鹹水，在這裡交流，
> 魚、蝦、螃蟹、蚵仔……呷袂完的海味，是台江內海送給台南的禮物。

---

5 康熙輿圖（1684－）．大灣史碼：https://kangxitaiwanmap.ntm.gov.tw/
　 范咸輿圖，國博化編：https://theme.npm.edu.tw/selection/Article.aspx?sNo=04001051

場次	3-3	團隊	影像、音樂、旁白	時間	1M
人物	旁白 VO				
主題	轉場 1-1823（原標：轉場 1）				

△ 音效：巨大的雷擊（打破前場營造的氛圍）

△ 燈光：雷擊效果。

△ 影像：字卡「1823」。

旁白：沒人想得到，1823 年，翻天覆地的變化，忽然間發生！

△ 影像：古書卷軸風格圖文

旁白：狂風暴雨、烏雲蔽日、天地變化、日月無光！
1823 年七月，大風颱，乎台江內海風雲變色！
短短的時間，
高山內的土石、曾文溪崩落的溪岸，
乎鹿耳門由海港變陸埔，
乎台江內海和鯤鯓、沙洲，連連作一夥，變作歸片的土地……

△ 字卡：台灣海防同知姚瑩《東槎紀略》（1829）：「道光三年七月，台灣大風雨，鹿耳門內，海沙驟長，變為陸地。」；「七月風雨，海沙驟長。當時但覺軍工廠一帶沙淤，廠中戰艦不能出入；乃十月以後，北自嘉義之曾文、南至郡城之小北門外四十餘里，東自洲仔尾海岸、西至鹿耳門內十五、六里，瀰漫浩瀚之區，忽已水涸沙高，變為陸埔，漸有民人搭蓋草寮，居然魚市。」

場次	4	團隊	3-1 影像、音樂、舞蹈	時間	5M
人物	舞蹈團隊				
主題	1823-滄海桑田（原標：1823）				

△ 舞碼三：天地巨變、毀滅與重生。

整支舞呈現混亂、恐慌、毀滅……
舊的一切崩壞，新的生命、新的秩序卻重新開始……

尾聲音樂轉場：由音樂轉換象徵重生與新的希望。

場次	5	團隊	影像、演員	時間	3M
人物	攤販數人（舞者分飾）、菜頭伯（阿爸）、阿秀、阿興、宋江小演員數位				
主題	賣菜人生				

上下場銜接之際，旁白入：

旁白：天地變化，有因有果。
　　　暗暝然後，遮是天光。
　　　乎台江變作一片新ㄟ土地
　　　迎接一群勇敢開墾ㄟ人……

影像建議：由黑夜轉清晨的廟口縮時攝影，象徵「天亮了，新的開始」。

音效：清晨的鳥語蟲鳴。

媳婦阿秀抖開大塊布鋪在攤位上，準備擺攤。

阿秀從塑膠果菜籃裡依序拿出各種蔬果，攤販數人（由舞者分飾）陸續經過、打招呼，營造熱絡的市場氣氛。

攤販一：阿秀，敖早喔！

阿秀：你今仔日卡早喔，呷飽沒？

攤販一：有啦！你咧？

阿秀：有！

攤販二：敖早！

阿秀：敖早，今天天氣真好！生意應該不壞！

△ 阿秀陸續跟攤販點頭、打招呼，一邊忙著擺攤，手沒停過。

旁白：伊是阿秀，北部人，嫁過來二十多年，按不會煮飯的阿妹仔，到今，已經是三個囝仔欸媽媽。逐工透早伊攏會來到這裡擺攤，賣在地尚青尚好呷的物件。

△ 阿爸（阿秀的公公）扛著一簍菜頭進。

阿秀：阿爸，你來了喔？

△ 阿秀接過菜頭籃，閒話家常。

阿秀：（驚喜）今天收的菜頭很大條！

阿爸：（得意）多講的！大家叫我「海尾菜頭伯」不是隨便叫叫！

△ 阿秀把菜頭鋪上攤位，攤位上還有小番茄、玉米。

阿秀：還是咱曾文溪邊種出來的菜頭最脆最好吃！柑仔蜜有夠甜、番麥有夠 Q，品質有夠讚！

阿爸：（試吃、好吃點頭）這攏嘛要感謝兩百年前的大風颱，乎咱有這片土地可以種菜頭、種番麥……

阿秀：阿爸，我有煮虱目魚粥，要呷否？

阿爸：讚喔，透早就是要呷一碗燒的。

△ 阿秀端碗給爸，阿爸端碗坐下。

阿秀：下午我要去田裡幫忙，剪紅蔥頭，紅蔥頭最近很好價。

阿爸：嘿喏，我看西瓜、香瓜嘛攏在種了！

△ 阿爸左顧右盼。

阿爸：啊我兒子咧？

阿秀：（對側台喊）阿興！阿興！阿爸在叫！

阿興扶著腰走入。

阿公上下打量他。

阿公：你是安怎？

阿興：（揮揮手不想多說）唉……

阿秀：（偷笑）他喔，練宋江練到閃到！

阿興：沒閃到啦！……只是……稍微有一點……痠痛。

阿秀：叫你不要跳那麼高！

阿興：欸！我是老師欸，教囝仔，不跳卡高，會乎小朋友看袂起！

阿爸：你嘛真無效，阿爸自細漢練到今，叨一次需要貼藥布？奧少年……

阿秀：（嘮叨）不少年了啦！
　　　（煩惱）你這樣，要怎麼教？

阿爸：不要緊，阿爸去幫你教！

阿秀：阿爸，你甘會？

阿爸：欸、恁北以前是拿雙斧的欸！

阿爸抓起兩條蘿蔔、擺出宋江「雙斧」的架式

阿爸：沒看過海尾斧、也要聽過海尾鼓，我，就是「海尾斧」！

阿爸比劃雙斧、架式十足。

劇本三

阿秀：哇！阿爸的氣勢真好！

阿興：咱這的宋江已經傳了百餘年，自阿公就開始練，算家傳……（數手指）三代！

△ 宋江兒童演員們進場。（孩子講國語）

兒童演員A：老師！你怎麼還沒來上課？

兒童演員B：老師你遲到了！

兒童演員C：大家都在廟口等！

阿興：來，今天老師帶老師的老師，去教你們！

兒童演員A：老師的老師，是誰？

阿爸：我，就是恁老師的老師，也是伊老北——拿雙斧的——海尾菜頭伯！

△ 阿爸用蘿蔔比劃雙斧，阿興抓起一支長棍或掃把，演繹「頭旗」、擺出宋江架式。

△ 孩子們跟著比，連續三到四個動作，氣氛歡樂。

兒童演員A：菜頭阿伯！為什麼咱要練宋江？

阿爸：咱台江人的祖先，很多攏是200年前按溪北徙來，一開始這什麼攏沒，四處都是草地、塭仔，不時攏有土匪來搶！一定要練功夫、練陣頭，保衛家園……

阿興：而且，練宋江，可以團結一心、鍛鍊體力，你看，老師勇健的身體就是這樣練出來的！

△ 阿興比出健美先生帥氣姿勢、然後扶腰、腰痛。

△ 菜頭伯見狀，搖頭笑。問孩子？

阿爸：菜頭阿北甲恁考試！你們甘知影攏有什麼陣頭，和宋江陣很同型？

兒童演員A：我知！金獅陣！

兒童演員B：攏有白鶴陣！

阿爸：對！我繼續考囉！宋江陣和白鶴陣、金獅陣！有什麼差別？

阿興：（舉手，國）選我選我！宋江的「頭旗」和「雙斧」，在白鶴陣，就換做「白鶴」和「童子」，在「金獅陣」，換作是「獅頭」帶陣！

阿爸：巧喔！「金獅陣」是把咱「宋江」和「獅陣」做結合，這是咱台灣發明的，是很特殊的民俗文化……

金獅鼓聲響起，舞台區燈漸暗。

場次	6	團隊	宋江陣、演員、金獅陣	時間	12M
人物			阿爸、阿興、兒童演員、海尾宋江陣、溪南寮金獅陣		
主題			保衛家園		

音效：宋江鼓聲。

宋江陣20位團員表演：本段擬呈現宋江陣保家衛民的功能，再進行金獅陣較具藝術性的陣式表演。

宋江陣表演約五分鐘，轉場：

兒童演員A：菜頭阿伯！為什麼咱要練宋江？

阿爸：咱台江人的祖先，很多攏是1823年後按溪北徙來，一開始來台江開墾，這什麼攏沒，四處都是草地、塭仔，不時攏有土匪來搶！一定要練一些功夫，照顧某子、保衛

拾貳　　　　　　　　　　　　　　　　　　臺江向望

劇本三

　　　　　家園……

　　阿興：而且，練宋江，可以團結一心、鍛鍊體力，你看，老師
　　　　　勇健的身體就是這樣練出來的！

△　阿興比出健美先生帥氣姿勢、然後扶腰、腰痛。

△　菜頭伯見狀，搖頭笑。問孩子？

　　阿爸：菜頭阿北甲恁考試！你們甘知影有什麼陣頭，和宋江陣
　　　　　很同型？

　　兒童演員A：我知！金獅陣！

　　兒童演員B：擱有白鶴陣！

　　阿爸：對！宋江陣擱演變出白鶴陣、金獅陣！有什麼差別？

　　阿興：（舉手，國）選我選我！宋江的「頭旗」和「雙斧」，
　　　　　在白鶴陣，就換做「白鶴」和「童子」，在「金獅陣」，
　　　　　換作是「獅頭」帶陣！

　　阿爸：對！「金獅陣」是把咱「宋江」和「獅陣」做結合，這
　　　　　是咱台灣發明的喔！是很特殊的民俗文化……

△　溪南寮金獅陣進場。表演約五分鐘。

場次	7	團隊	影像、音樂	時間	5M
人物	╳影像實拍					
主題	神威除厄					

△　本段以27庄頭陣頭拍攝介紹影片。在地陣頭故事、廟宇、神明照
　　片＋字卡，用影像介紹神明的特色。

場次	8	團隊	演員	時間	3M
人物	菜頭伯阿爸、阿秀、阿興					
主題	台江信仰					

宋江陣表演結束。

舞台區燈漸亮。

阿秀邊整理攤位、跟阿興、阿爸閒聊。

阿秀：台江的宮廟有夠多，不時在熱鬧，神明做生日、出巡、辦桌……好忙！

阿興：神明生日，大家就拜拜、買菜，咱的生意跟著旺旺旺，哪有不好？

阿秀：當然嘛好！只是說……嫁到這裡二十幾年，我還算不完這附近到底有多少間廟？

阿爸：大大小小的廟是不好算，但是若是知影咱附近有幾個寮、幾個庄，慢慢算，就算的出來囉！

阿秀：（一臉疑惑）有幾個寮？幾個庄？

阿興：（揶揄老婆）連這攏毋知，要安怎跟人家做生意？

阿秀：不然你是知喔？

賣菜郎：當然！

阿秀：我才不相信。

賣菜郎：聽了！（用誇張的布袋戲腔、以Rap式節奏流利快背）
　　　　咱這附近有二十七庄，每庄信仰都真虔誠！
　　　　曾文溪親像青瞑蛇，要靠神明來鬥三工，

劇本三

鹿耳門有聖母廟，擱有一間天后宮，
鄭成功戰荷蘭人、就在四草大眾廟，
鹽田北寮鎮安宮、鹽田南寮永鎮宮
學甲寮慈興宮、溪南寮興安宮
公塭仔萬安宮、什二佃南天宮
本淵寮朝興宮、公親寮清水寺
新寮仔鎮安宮、溪心寮保安宮
海尾寮朝皇宮、什三佃慶興宮
草湖寮代天宮、布袋嘴寮代天府
總頭寮興安宮、外塭仔和濟宮
中洲寮保安宮、舊和順慈安宮
新和順保和宮、陳卿寮保山宮
南路寮保鎮宮、溪頂寮保安宮
五塊寮慶和宮，擱有新宅新安宮
香火鼎盛顯神威、保境賜福佑萬民！
四季平安運途興、千秋萬世渡眾生！

阿秀：（崇拜、拍手）哇──

阿興：你咁有讚否？

阿秀：讚啦！埔仔聲甲伊催落去！

△ 阿秀帶動觀眾拍手。

△ 賣菜郎得意接受大家歡呼。

阿爸：台江的神明故事，講嘛講不完，來，阿爸講故事乎恁聽……

△ 燈光漸暗、續下場。

場次	9-1	團隊	影像、阿雞	時間	4M
人物	阿雞 Rap				
主題	眾神之都（原標題：香火傳家）				

影像：MV 感，鏡頭穿梭各間廟宇與神明。

阿雞以「眾神之都」旋律，RAP 27 間廟名、神名、敘述神明故事。

> 旁白：人在做，天在看，一枝草，一點露。
> 神有興，人就旺，神和人，相依相偎，乎台江新的模樣。

場次	9-2	團隊	音樂、舞蹈	時間	未定
人物	舞者				
主題	香火傳家				

舞蹈四：開拓家園、傳遞香火

表現台江相放伴、互相扶持、香火傳家的精神。

阿秀：咱可以站在這裡，也是天公伯來鬥相工！

阿興：（布袋戲腔）此話怎講？

阿秀：你想，台江本來是海，根本沒辦法起家生湠，若不是天公伯來鬥相工，哪有可能生出這麼大片的土地？

阿興：就是啊，若不是天公伯來鬥相工，怎麼會有你，來到我的身邊？

阿興牽起阿秀的手。

阿爸翻個白眼、清喉嚨。

阿爸：咳咳。幾歲了，還在目神相打電、目尾牽電線……（搖頭）

阿秀害差甩掉、笑瞪阿興。

阿興：「也要神，也要人」，感謝眾神保庇！

舞蹈尾聲，燈漸暗，轉場時加入旁白，接續下場：

旁白：咱聽的這首歌、咱跳的這條舞，就親像咱土地的故事同款。
　　　呷飯、喘氣、過日子，
　　　拜天、拜地、拜溪埧，
　　　開墾、打拚、起家園，
　　　戀愛、生子、傳香火……
　　　一個牽一個，一代傳一代……

場次	10-1	團隊	演員	時間	3M
人物	阿秀、阿興				
主題	愛人哪（原標題：轉場2）				

△　阿秀收攤，把許多的蔬果放回推車上。

△　阿興匆忙跑進。

　　阿興：水某啊，拍謝，太晚回來，我來幫你收。

　　阿秀：免啦，你身體不爽快……

　　阿興：袂啦！嘿唷──（搬重物後，哀號）啊──

△　阿興硬是蹲下搬蔬果，馬上又閃到腰。

△　阿秀無奈搖頭笑，接過阿興拿的蔬果。

　　阿秀：（寵溺）麥假會！先回去整理一下，咱女兒晚上要帶男朋友來吃飯。

　　阿興：（大驚）蛤！？（賭氣）不要！我今晚不要回家吃飯了！

　　阿秀：呷什麼醋？伊毋交男朋友，咱才要煩惱！我很想做阿嬤內！

　　阿興：伊才二十幾歲！！

　　阿秀：我20歲就乎你騙來這裡了！

阿興：（得意）是 19 歲！

阿秀：時間過的有夠快……

阿興：但是，我的水某猶原這呢水！

阿秀：（笑）好啦，快回厝整理理欸……

阿興離去，即將離場前又一個回眸。

阿興：（手比愛心）水某，愛你喔！

阿秀笑，看著阿興的背影，獨白：
（為求下場銜接順利，也可預錄做心情 OS）

阿秀（OS？）：看著伊親像菜頭同款粗勇的體格，恁一定想袂
　　　　　到二十多冬前，大家都叫他「（國）安南區梁朝偉」。
　　　　　不論是梁朝偉，還是大菜頭，伊，攏是我心愛的人。
　　　　　有時候，我會想……
　　　　　當年，若是沒有嫁乎伊，今仔日的我，會是啥款？
　　　　　少年的我，愛唱歌、愛跳舞，想要做歌星，
　　　　　結果……愛到伊，甘願放下一切，跟伊來到這個偏僻的所
　　　　　在，
　　　　　在廟口陪伊賣菜、去岸邊陪阿爸種菜頭，儉吃、儉用，
　　　　　目一眨，囝仔就大漢了。
　　　　　有時候我會想，一切甘是在做眠夢？

阿秀獨白同時，下場音樂〈河邊春夢〉旋律可淡淡襯底。

場次	10-2	團隊	音樂、舞蹈、影像、演員	時間	5M
人物	阿秀、舞者				
主題	1923				

劇本三

△ 舞蹈五：1923 組曲
建議先〈河邊春夢〉再〈思念的歌〉情境較順。（融合成 5 分鐘內）

△ 這兩首歌都很重唱功，為避免當天音響或表演者聲音狀況有誤差，建議預錄。

△ 影像：配合適當情境。

△ 阿秀在舞台一隅唱：河邊春夢。
河邊春風寒　怎樣阮孤單
舉頭一咧看　幸福人做伴
想起伊對我　實在是相瞞
到底是安怎　毋知阮心肝……（以下歌詞略）

△ 〈河邊春夢〉表演結束後銜接下首的空檔，阿秀獨白（點題：釘根生湠、台江向望）：

阿秀：很多人攏是離開故鄉，來到這裡。
　　　為的，是一個美麗的夢。
　　　在這，找一片家園，娶一個牽手，釘根、生湠。
　　　有時候會想起故鄉的月娘，思念的人，
　　　無論多麼辛苦，為了未來的向望，也是要相放伴、向前行。

△ 阿秀到 C 位：和舞者共同表演〈思念的歌〉
心愛的你　最近過了好無
敢也有像我　逐工塊想你
故鄉的月娘　猶原遮呢水
像咱彼時的甜蜜　閣有青春的記持
心愛的你　你有想我無
他鄉的天星　嘛為咱塊閃爍
你沒踮阮身邊　嘛已經歸落年
你的笑容　你的眼神
我永遠袂來袂記

思念的歌唱袂煞　望你就認真來聽
毋驚孤單　無論歲月人情冷暖
思念的歌唱袂煞　望你用真心來等我
花開的時陣　有我佇這……（以下歌詞略）

場次	10-3	團隊	音樂、舞蹈、影像、演員	時間	1M
人物	阿秀、阿興、舞者					
主題	轉場3-					

旁白：為了未來的向望，就甲手牽乎牢，相放伴、向前行。
　　　在這，找一片家園，娶一個牽手，釘根、生湠。
　　　就親向這對夫妻……ss

阿興 VO：（喊）阿秀欸──

阿秀：（喊）阿興欸──

阿興 VO：你在叨位？

阿秀：我在這啦！

阿興出。

阿興：你在唱歌喔？我也要唱！

阿興與阿秀配合〈四季紅〉的前奏，轉換歡樂歌舞劇的氛圍與動作形式，續下場。

場次	10-4	團隊	音樂、舞蹈、影像、演員	時間	6M
人物	阿秀、舞者					
主題	時代戀歌					

劇本三

△ 舞蹈六-1：時代戀歌〈四季紅〉、阿興阿秀加入表演。

　　阿興阿秀對唱：
　　　　（合）：春天花　正清香　雙人心頭齊震動
　　　　（男）：有話想要對妳講　不知通也不通
　　　　（女）：叨一項？
　　　　（男）：敢哪有別項？
　　　　（女）：目紋笑　目瞤降
　　　　（合）：你我戀花朱朱紅——

△ 〈四季紅〉前段，阿興阿秀對嘴唱、追逐嬉戲談戀愛。

△ 間奏處，阿興阿秀加入對白：

　　阿興：（害羞）我甘欸檔……約你去呷冰？

　　阿秀：（害羞）當然袂檔。

△ 阿興黯然。

　　阿秀：我不想要呷冰，我想要……出去七逃！

△ 阿興大喜。

△ 阿秀拋個媚眼、飄然離場。阿興眼冒愛心、追出去。

△ 阿興阿秀離場後，把舞台留給舞者，把四季紅跳完。

△ 此時阿興阿秀快換，加復古亮片或羽毛元素、墨鏡。（第二首也許不用登場）

△ 舞蹈六-2：時代戀歌〈快樂的出航〉

△ 舞蹈六-3：時代戀歌〈一見你就笑〉

△ 前奏即可讓阿興阿秀如同大明星般華麗登場，從上舞台穿過舞者一路往下舞台、站 C 位來段精彩的歌舞秀。

　　阿興阿秀合唱：

> 我一見你就笑,
> 你那翩翩風采太美妙。
> 跟你在一起,永遠沒煩惱。
> 我一見你就笑,
> 你那談吐舉止使人迷繞。
> 跟你在一起,永遠樂逍遙……(以下歌詞略)

整段組曲停留在一個歡欣的高潮後,全場瞬間燈暗。

場次	11-1	團隊	演員旁白	時間	0.5M
人物					
主題	轉場4—承先啟後				

燈暗後,旁白轉場。

〈魚毋知〉的吉他前奏淡入。

> 旁白:你甘有聽到我的聲音?
> 你甘有想過,我是誰?我為什麼在這?
> 你甘有想過,你是誰?你為什麼在這?
> 我,自200年前到現在,我在每個人的心中。
> 你,選擇在這裡釘根生湠,會後悔否?
> 這(Jia)是個適合做工、戀愛、生活、做夢的好所在,
> 過去,無後悔。未來,袂驚惶。

場次	11-2	團隊	影像、音樂、謝銘佑	時間	4M
人物	謝銘佑				
主題	台江印象				

舞台僅一盞 SPOT Light 漸亮,打在謝銘佑身上。

謝銘佑演唱: 魚毋知

劇本三

（https://www.youtube.com/watch?v=MXSQa79_fQI）

△　影像：配合謝銘佑老師的歌聲，大海、數魚、台江沿岸風景、台江沿海的產業……「台江宣導影片」

△　謝銘佑老師演唱完後，SPOT Light 漸收。

△　另一個燈區漸亮，續下場。

場次	12	團隊	說書人	時間	2M
人物	賣菜郎阿興、媳婦阿秀					
主題	轉場5—變與不變					

△　演員燈區亮起。（可分阿興、阿秀兩個燈區）

△　阿興燈區亮，獨白：

阿興：還記得我很細漢的時陣，嘛會唱這條歌，這是魚栽調。
　　　那時候我阿公還有一片塭仔，養虱目魚，我會跟阿公去買魚栽、算魚栽、跟那裏的長輩（世大）唱魚栽調。
　　　阿公年紀大以後，想欲把塭仔交給阿爸，但是阿爸不想要養魚，改在岸邊種菜頭。
　　　阿爸年紀大以後，想欲叫我接他的田園，我無法度啦，還是習慣在果菜市場賣菜，和人講話做生意，卡趣味！
　　　只是說……我和阿秀也有歲了，攤子以後要交給誰？
　　　叫兒子女兒來賣，我看是不可能……

△　阿秀燈區亮，對話：

阿秀：不是不可能，是你毋甘。

阿興：不是我毋甘，是你毋甘！

阿秀：（笑）攏毋甘！

阿興：（嘆）……時代不同款了……

阿秀：台江在變、時代在變、工作在變，人，當然嘛跟著變。阿祖抓魚、阿公養魚、爸爸種菜、咱賣菜，兒子女兒一個去科工區，一個在工業區，好像攏變了？

燈漸暗。

旁白：其實嘛攏沒變────因為，咱，猶原攏留在這。
改變的，只有時間，一直向前走。

場次	13	團隊	舞蹈、影像、音樂、燈光	時間	6.5M
人物	舞者				
主題	當代台江				

舞蹈七：科技感「當代台江」

影像：因應舞蹈風格以及者身上會有螢光、立方體等，建議可搭配當代科技感的影像。

場次	13-1	團隊	舞蹈、影像、音樂、燈光	時間	2M
人物	阿興、阿秀、阿爸				
主題	轉場6				

本場乃為銜接「當代台江」舞碼與「台江人」這兩個風格迥異的表演，所設計的轉場戲，讓阿爸、阿興、阿秀化身為在場的觀眾。

阿爸：（聲音先進）他們在跳啥？我怎麼攏看沒。

燈漸亮。

阿爸：（看台下，驚）怎麼這麼多人？今仔日有什麼大代誌？

阿興：今仔日在咱果菜市場做「台江200年」的大型表演！

阿爸：表演？你說剛剛那個歌舞團喔？

阿秀：（翻白眼）阿爸！他們不是歌舞團啦！

阿爸：不是？難怪，我想說……（搖頭）歌舞團穿這麼多袂檔啦。

阿秀：阿爸！！！那是（國）現代舞啦！
他們跳的舞是在表達咱的時代一直在進步！

阿興：不像過去只靠養魚、討海、種田……現在，有很多工廠、科工區、工業區……都會帶動台江的發展！

阿爸：講了是有理。這一二十年來，這區真正發展甲糾緊（很快）！

阿秀：若是沒發展、沒進步，怎麼養二十萬人[6]？

阿爸：二十萬人？甘有這麼多？

阿興：有喏！

阿秀：機會多，人就留的住、愈來愈多人按外地搬來，不一定以後這裡會變成台南最多人的一區！

阿爸：真好、真好。

旁白：人在做、天在看，一枝草，一點露。

阿興：阿爸，你嘛有責任要甲台江的故事，一代一代傳下去……

阿爸：蛤？要怎麼做？

阿秀：就……（看向合唱團的方向）做夥來唱歌吧！

6　截至 2023 年三月，安南區已達 1999792 人，資料來源：安南區公所。

旁白：唱一首給台江的歌，用天地的聲音，用時間的聲音，用眾人的聲音。

燈漸暗。

場次	14	團隊	舞蹈、影像、音樂、燈光	時間	3M
人物	謝銘佑、安慶國小合唱團					
主題	台江人					

謝銘佑老師與合唱團燈區亮，演唱〈台江人〉。

影像：建議要附歌詞。

合唱團：點胭脂的赤嵌仔，使目尾的虱目仔，
　　　　囝仔下課的笑聲，藏進荷蘭人的海底城……（以下歌詞略）

續下場，合唱團與謝老師不離開，但其他團隊陸續進。

場次	15	團隊	所有團隊	時間	5M
人物	謝銘佑壓軸					
主題	神興人旺、台江向望					

續上場，歌曲第一輪唱完後（3分），再重唱一次：由演員或司儀邀請在場的長官一同合唱（市長？），舞者、宋江陣、金獅陣……所有團隊一一加入，每個團隊除了出場外還會做一段極短的表演，呈現同心協力、遍地開花的榮景。

影像：寫實明亮的安南區代表地標畫面、團隊排練時的花絮、果菜市場與安南區人的笑臉，堆疊出日常卻不平凡的每一天。

「台江向望」：巨幅魚網從觀眾席後拉出，網上清楚繡或繪上「天地神佑民安居」的大字、空拍影像畫面同步呈現。把所有的人團繞進「希望」之中。

劇本三

△　影像最後轉播現場畫面，今夜每一個參與者都成為表演的一部分。

（劇終）

☒ 演出劇照　圖片來源／臺南市政府文化局提供（擷取自演出宣傳社群網站／文宣品）

拾壹　臺江向望

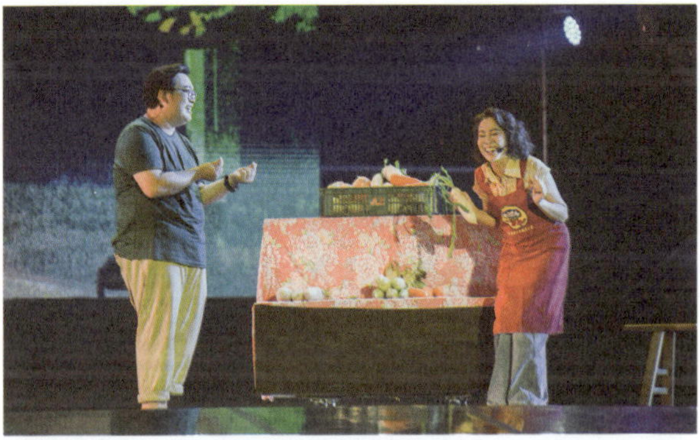

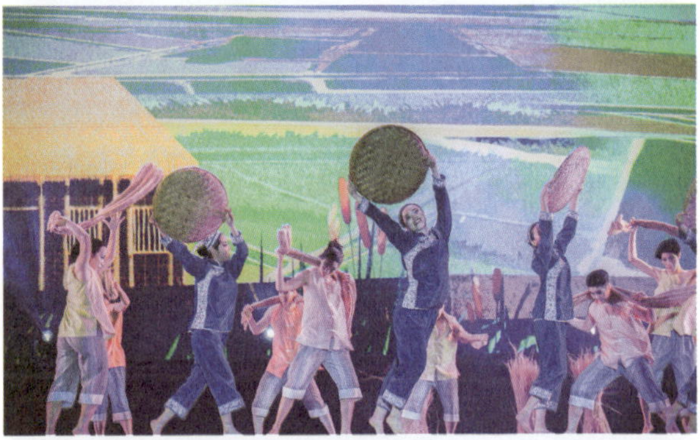

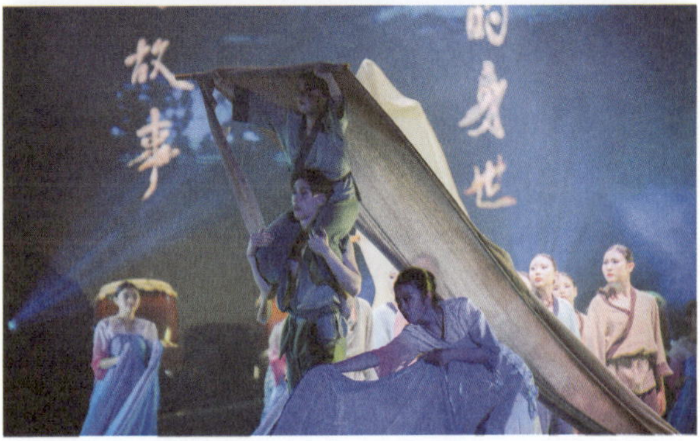
故事
身世

漫長的時代
許多不同的族群
在這裡相遇
海洋的生物
空中的飛鳥
陸地的動物
原住民與外來移
往來磨合
相遇衝突
在這裡書寫
不同時代的沉

劇本三

| 古都布袋戲

【劇本四】
府城傳奇 —— 靖海狼煙

演出地點：延平郡王祠、大南門甕城、新營文化中心

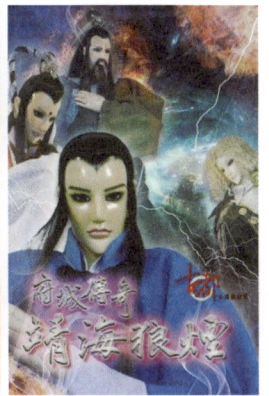

述說鄭成功、施琅之間的恩怨情仇，首度嘗試布袋戲融合環境劇場概念，以古蹟實景（大南門）為背景舞台，讓戲偶在城樓中走動、對話，呈現布袋戲新型態，演出獲得廣大好評。

延平郡王祠
演出版本

新營文化中心
演出版本

☒ 劇本主題／創作方向

主線 —— 真實人物：陳永華、虛擬人物：劉錦世

支線 —— 國姓爺與施琅的恩怨

- 以真實的歷史為經，虛構的人物為緯，編織出一段全新的台灣傳奇。
- 以施琅處決國姓爺大將、國姓爺誅殺施琅父兄為序幕，揭開台南府城三百多年前的樣貌。
- 施琅為復仇安排劉錦世臥底於陳永華身邊，藉此虛構的「中國移民」的角度，看待台灣本土文化，探討陳永華在台建設與當時的府城榮景。

創作方式 ——

- 思考「戲偶」與「人」的不同，從而調整戲劇對白語法、表演方法
- 保留金光布袋戲的華麗與趣味，兼具劇本深度、角色個性、合理的情節對白。

實驗性的演出場域 —— 結合古蹟實景對白

- 跳脫傳統布袋戲鏡框舞台，結合「環境劇場」概念，融入古蹟現場實景
- 場地一：大南門甕城，呈現城樓結合舞台的特色。
- 場地二：延平郡王祠。
- 長期以來，布袋戲多以布景式鏡框表現，本劇嘗試（如：南

門城樓本身即可成為舞台），讓演出與環境發生關係。↘演出場景非單一焦點。

☒ 故事大綱

施琅處決國姓爺愛將曾德，國姓爺一怒之下，誅殺施琅父兄。施琅誓為父兄報仇，便派遣年輕的貼身護衛「劉錦世」，渡海潛入國姓爺得力部將「陳永華」麾下臥底，伺機剷除國姓爺勢力。

劉錦世幼年遭難、父母雙亡，為施琅所救，視施琅如父，但當他看到國姓爺駕崩之後，陳永華力求安定民心，教軍屯田，儲備糧食；教民煮糖晒鹽，以利民生；教匠燒磚，改善民居，劃定行政區域，使民眾安居樂業。衣食俱足後，又興建台灣首座孔廟，獎勵教化，從漳、泉州迎來神祇，興建廟宇，以信仰安定百姓的心……劉錦世對陳永華漸生好感。一日夜晚，劉錦世下定決心要暗殺陳永華，陳永華卻適巧來找他，原來是擔心劉思鄉寂寞，想許配陳永華夫人的貼身丫鬟給劉錦世做妻子，此後劉更無法下手殺害陳永華，陳將劉視為親信，帶他參加「天地會」的秘密聚會，劉錦世才知道，白天文質彬彬溫文儒雅的「陳參軍」，晚上竟化身為威風凜凜武藝高強的「陳總舵主」，執行「反清復明」重大任務。陳永華期許劉錦世加入天地會「反清復明」，但此舉無疑背叛施琅，劉錦世陷入天人交戰、終日躊躇不振。

然而，鄭經與馮錫範在中國的戰事受挫，退守台灣，見陳永華把握重權、深得民心，開始聯手排擠，陳永華被迫辭官退隱，身心俱疲，一病不起。劉錦世決定在陳永華死前說出自己身為奸細的實情，陳永華卻告訴錦世，其實他早已知道，只希望錦世繼續讓台灣安居樂業。

劉錦世大慟，決意代替陳永華守護台灣，率船艦赴澎湖與施琅大軍一較高下。鄭氏大軍與清軍船艦相逢於澎湖海上，當施琅看到

劉錦世站在船頭,大驚,

告訴施琅:「當我背叛你的這一天,就是死亡的時刻,不是你死就是我亡!」

兩人展開一場令天地為之變色的大戰,最後,劉錦世讓了施琅一刀……

臨終之前,劉錦世唯一的願望:「請讓福爾摩沙成為百姓安居樂業的淨土。……」

☒ 分場大綱

因應布袋戲特殊的形式,採文武場輪流交替、每場不超過 3 分鐘。對白可視實際情況調整。

場		地	人物	內容大綱
1	武	海上	施琅、部將曾德、敵軍小兵	施琅領軍,兩艘船對戰。廈門海戰鄭氏軍隊勝利,部將曾德向施琅恭賀。
2	文武	海上	施琅	海上,施琅自述抱負,希望得到權力、名聲……
3	文	國姓爺府宅	國姓爺、陳永華、小兵、施琅、部將曾德	施琅向國姓爺報告打勝仗的好消息。國姓爺賞了白銀兩百兩,卻不給予兵權,施琅大怒。
4	文	施琅府宅	施琅、劉錦世	憤怒的樂音響起。施琅大怒,決心落髮離開鄭軍,發現曾德背叛他,決意殺了曾德。
5	武	一般景	曾德、施琅	施琅誅殺曾德。
6	文	國姓爺府宅	國姓爺、陳永華、小兵	陳永華與國姓爺討論攻台大計時得知施琅已殺害曾德,國姓爺大怒……
7	武	施琅府宅	劉錦世、施琅父兄、施琅	施琅府邸遭國姓爺的士兵火燒,施琅之父兄被殺,施琅怨恨、立誓復仇。

劇本四

場		地	人物	內容大綱
8	文武	台灣青山綠樹	農人，夫人、丫環、陳永華	台灣，青山綠樹稻田中農夫哼唱台灣民謠。陳夫人與丫環請農夫吃午餐，大家讚嘆寶島之美，也惋惜國姓爺已離世。
9	武	（回憶）鹿耳門登陸海戰	陳永華、夫人／國姓爺、小兵（何斌）、荷蘭人（不同場景／時空）	陳永華回想當年與國姓爺來台時困難重重的征戰畫面。（大南門：分割舞台，一邊是台灣區，一邊是海戰區；延平郡王祠：同一舞台，陳永華與夫人站在前面說話，後方上演回憶場景）
10	文	田園景	夫人、丫環、永華	陳永華感謝夫人陪他吃苦，氣氛歡欣。
11	文武	施琅宅邸	施琅、劉錦世	施琅落魄的待在陰暗的房間中，立誓要誅殺鄭家、一個不留！派劉錦世為臥底前往福爾摩沙剷除鄭家勢力……
12	文	海濱小鎮	鹽農（鹹魚仔）、漁夫（赤嘴仔）、劉錦世	漁夫划著小船經過鹽田，向鹽農打招呼，兩人講起笑虧，卻撞上漂流而來的劉錦世，兩人合力把他救醒。
13	文武	嘉南風景（背幕）	鹽農、漁夫、劉錦世	漁夫與鹽農介紹台灣，讓台灣生活改善，功勞最大其實是陳永華。
14	文武	廟會	鹽農、漁夫、劉錦世	小船停泊在接官亭，熱鬧的鞭炮聲四起，舞龍舞獅、廟會陣頭表演。
15	文	陳永華官邸前	劉錦世、陳夫人、丫環、陳永華	劉錦世想除掉陳永華，沒想到陳永華反而要他回家吃飯並且收留他，讓劉錦世的心情十分複雜。
16	武	花園／天地會集會	天地會成員（多隻黑衣偶）、劉錦世	劉錦世獨白，認為陳永華快刀斬亂麻，以絕後患。今晚就動手！話一說完，黑衣人出現，劉錦世躲到大樹後面觀察。
17	文	花園	劉錦世、丫環	雞鳴音效，丫環與劉錦世談心，丫環邊餵雞邊要他不要擔心，放心跟著陳永華，在台灣住下。邀劉參加熱鬧祭典。

場		地	人物	內容大綱
18	武	孔廟	丫環、劉錦世、陳永華	孔廟前談心。
19	文	幕變化（台南風景）	陳永華、劉錦世	陳永華來到，丫環開溜，陳得知劉錦世能文善武、有仁俠之心，希望他可以擔任重要職務。劉領謝。陳永華介紹台南風情……
20	文武	花園	劉錦世	劉錦世告訴自己，勿忘義父施琅之恩！今晚就動手殺了陳永華！陳卻出現，把丫環許配給劉，希望劉把台灣當做自己的家。
21	文武	陳永華官邸	陳永華、陳夫人、劉錦世、丫環	劉錦世與丫醫舉行婚禮，丫環溫柔靠著劉，見他不說話，問他是否不歡喜，劉差一點對丫環說出實情，卻又不敢多說
22	過場	幕變化		音樂過場
23	文	陳永華官邸	醫生、夫人、丫環、永華、錦世	陳永華臨終時託付劉錦世要保衛台灣人民
24	文武	海上	劉錦世、作戰士兵們	劉錦終於要與施琅為敵，他對不起義父，但是，他希望能對得起千千萬萬的台灣人民……
25	武	海上	劉錦世、施琅	兩艘船艦靠近，劉錦世向施琅致歉，但表明自己將為台灣奮戰到底……
26	文武	海上	劉錦世、施琅	最後，施琅把刀插進劉錦世心口，劉錦世自成樓上墜下，施琅仰天長笑，笑聲中卻有悲傷，有對劉錦世的哀痛……

☒ 對白劇本

1	武	海上	施琅、曾德、劉錦世	施琅率曾德、劉錦世，打贏勝仗的喜悅

△ 激昂的音樂響起。

△ 燈光變化。

△ 戲台上的布景流動。

△ 施琅的戰船航行在大海上，施琅站在船頭，身後是部將曾德和劉錦世。

△ 戲台另一側駛來另一艘船。

△ 雷聲響，打雷的燈光效果使氣氛緊張。

施琅：（大聲）清朝的走狗，好大膽……竟然敢侵佔廈門，本將軍施琅，代表大明皇朝，將你們趕出廈門，三軍，殺──

兵眾：殺──

△ 施琅的船向對方開砲，以煙火呈現交戰的火砲效果。

△ 火炮施放完畢後，曾德與劉錦世跳到對方船上，與對方展開海戰。

△ 對方的小兵跳上施琅的船與施琅交戰，劉錦世跳回幫忙，施琅砍掉敵人的頭。

△ 曾德殺掉對方士兵後跳回施琅的船上。

△ 激昂的音樂聲中對方船艦倉皇離開。

曾德：稟告大人，咱已經打贏這場戰爭！

施琅：哈哈哈哈！總算把清朝的船隊趕走，咱贏了！

曾德：恭喜大人，相信國姓爺一定非常歡喜，一定會賞給大人金銀財寶……

施琅：金銀財寶……不是我心內尚重要的……

曾德：為什麼？

施琅：為什麼？（大笑）哈哈哈哈哈……走！咱來去跟國姓爺報
　　　告這個好消息！
　　　哈哈哈哈哈……

船隻航行，戲台上布景流動，激昂音樂再起。

| 2 | 文武 | 海上 | 施琅 | 施琅自述抱負，希望可以得到權力、名聲…… |

戲台布景繼續流動，象徵船隻航行。

音效漸小聲。

施琅：曾德！你甘知影為啥麼我不想要金銀財寶嗎？

曾德：不知大人想的是否與我想的同款……

施琅大笑。

施琅：哈哈哈……（看著遠方沉默幾秒）……金銀財寶……怎樣
　　　會夠？
　　　我要的是權力！有權、有勢，就能有名聲、有享不盡的
　　　榮華富貴……
　　　有權有勢，要什麼有什麼，比金銀財寶卡有效！（奸笑）
　　　嘿嘿嘿……哈哈哈！

曾德：（跪下）恭祝大人步步高升！

施琅：哼哼……立下這個大功，我想，國姓爺一定封我做「先鋒
　　　將軍」！

曾德：先鋒將軍在上，請受曾德一拜！

施琅：（大笑）哈哈哈哈哈……哈哈哈哈哈……

燈光變化，音效漸大，海風與浪花的配樂充滿壯志豪情。

劇本四

| 3 | 文 | 國姓爺府宅 | 國姓爺、陳永華、傳令小兵、施琅、部將曾德 | 施琅向國姓爺報告打勝仗的好消息。國姓爺賞了白銀兩百兩，卻不給予兵權，施琅大怒。 |

△ 佈景轉為氣派的官邸大廳。

△ 國姓爺坐在中央。陳永華站在旁。

小兵：（氣喘吁吁進）稟告國姓爺，好消息，天大的好消息……

國姓爺：什麼好消息？慢慢說！

小兵：（喘）施琅大人贏了！施琅大人和清朝船隊在廈門的海上交戰，施大人打贏了！咱贏了！伊馬上就會親身到這裡，向國姓爺稟告這個好消息……

國姓爺：（打斷小兵的話）好了！麥擱共呀……我了解了。你先下去吧！

小兵：呃……是……

△ 小兵離開。

△ 國姓爺站起，來回踱步。

國姓爺：這個施琅……是一個人才。但是……唉……（轉向陳永華）陳參軍，您有什麼看法？

陳永華：施琅雖然立下不小的戰功，但是伊的個性衝動，如果將兵權交乎伊，恐怕……好親像養一隻虎，是福是禍，很難說……

國姓爺：哼，沒有錯。……伊的個性我尚了解，時常不服我的命令，猖狂自滿，目中無人，若是把他升作將軍，放在身邊……就像是腳底有刺，如何安心？
我……該如何是好？

施琅率領曾德進。

施琅：參見國姓爺、陳參軍！

國姓爺與陳永華鞠躬致意。

施琅：國姓爺，施琅沒有辜負您的期待，咱贏了！

國姓爺：你這次做得很好，我決定重重賞賜你！……賜你白銀兩百兩！

震驚效果音樂下，絕示出施琅的不滿。

施琅：……這……（不開心的語氣）多謝國姓爺。

國姓爺：你一定累了，去休息吧。

施琅：但是……

國姓爺：你擱有什麼話要說？

施琅：國姓爺……我……這次打贏戰爭，南邊海域的兵權，甘是欲當交予我……

國姓爺：（冷冷的）這……我有其他的安排。

施琅：但是……

國姓爺：麥擱再說了。你先回去休息吧。

施琅：（怒）國姓爺，施琅一心為大明王朝付出，希望國姓爺可以將兵權交給我，讓我……

國姓爺：麥擱貞呀！我剛剛說的你甘無聽到？

施琅：國姓爺！你這樣，我不服！

國姓爺：甘說你在威脅我？

府城傳奇——靖海狼煙

施琅：（跪）施琅不敢！但是……

國姓爺：（兇）請回吧。（轉身背對）

施琅：（生氣發抖）國姓爺……如果不把兵權交乎我……我實在毋栽應該安怎帶領弟兄為大明效力……實在毋知影……留在此有什麼路用……不如……（怒吼）削髮為僧，出家去卡快活！

國姓爺：哼！……若這是你的決定，我也不便阻止。

施琅：啥麼？國姓爺，你……（怒）哼！

△ 施琅生氣拂袖而去。

曾德：大人……

△ 曾德愈追隨施琅離去，又回頭向國姓爺鞠躬致意，準備離開。

國姓爺：你……等一下。

曾德：（跪）是，請問國姓爺有什麼吩咐？

國姓爺：你……甘是叫做曾德？

曾德：是！

國姓爺：曾德，我已經注意你一段時間，你善於海戰，勇敢剛強……我希望……你欲當接起南海兵權，幫助大明王朝重建海上勢力！

曾德：（震驚）什麼……這……這……屬下不敢……

國姓爺：為何不敢？你年輕有為，武功高強，若能效忠大明王朝，一定前途無量！

曾德：（跪）多謝國姓爺的重用，曾德一定不會辜負國姓爺的期待！

| 4 | 文 | 施琅府宅 | 施琅、劉錦世 | 施琅在府邸大怒，決心落髮、離開鄭軍，又發現曾德背叛他，決意殺了曾德。 |

憤怒音樂響起。

施琅：（氣得渾身發抖）鄭成功！你不過是個海賊的兒子，竟敢如此囂張，奪去我的兵權，你讓我無權無勢，比殺死我更加惡毒……
我說要削髮出家，你竟然無動於衷，你！你！你你你！可惱呀——

施琅舉刀一揮，大量髮絲飄落。

劉錦世：大人，大人，不可衝動，得忍耐呀……

施琅：我施琅受到這種侮辱，你叫我忍耐！

施琅高舉刀子，作勢想砍人。

劉錦世：大人，麥受氣……留得青山在，只要有一口氣在，咱就可以東山再起……你不通想不開……

施琅：（怒）你惦去！你不過是一個家將，甘輪的到你這樣跟我說話？

劉錦世：（跪下）大人，錦世不敢……錦世自細漢失去父母，若不是大人相救……錦世早就餓死了，大人對錦世的恩情比山擱卡高、比海擱卡深，錦世……希望大人毋通生氣，毋通打壞身體……

施琅：哼！……那個姓鄭的這樣對待我，我實在太碎心了……為

了我的將來，實在不應該擱留在伊的身軀邊……劉錦世，你甘要跟我走？

劉錦世：錦世的命是大人救的，大人要我死，我的命隨時攏欸當交乎你！大人要去哪，錦世一世人攏對牢牢……

施琅：好！咱這就去投靠清朝！

劉錦世：（驚呼）清朝？

施琅：我對鄭成功的兵力一清二楚，我相信清朝一定會重用我……奇怪，怎麼沒看到曾德？曾德跑叨位去？

劉錦世：伊……伊……

施琅：伊安怎？你緊說！

劉錦世：伊……我不敢說……

施琅：叫你說，你就說！

劉錦世：伊……留在國姓爺的軍中……國姓爺……升他做先鋒將軍……

施琅：（大怒）啥麼？這、這、這……可惱呀！曾德！你背叛我！（氣到發抖）……毋驚虎有三個嘴，只驚人有兩挃心……原來……原來你嘛是一個不忠、不義的狗奴才，我一定要取你的首級！

△ 施琅怒極離開。

劉錦世：大人，大人，不要衝動呀……
　　　　慘了……早知影我就不應該多說這些話，害大人這麼生氣……大人、大人呀！

△ 劉錦世追出。

| 5 | 武 | 一般景 | 曾德、施琅 | 施琅誅殺曾德。 |

燈光變化閃爍。緊張的音效環繞。

曾德：（豪氣）青海長雲暗雪山，孤城遙望玉門關。
黃沙百戰穿金甲，不破清軍終不還。
沒想到，國姓爺竟然如此重用我！
我曾德一定盡心效忠大明王朝，把清兵趕走，粉身碎骨、在所不辭！

施琅找尋曾德，見到曾德後極為憤怒。

施琅：（大怒）大……膽……曾……德！你！你！你！為何背叛我？

曾德：施琅大人！我……

施琅：你這個不忠不義的狗奴才！

曾德：大人……不是我想要背叛你，是……你自己要反叛國姓爺！我不想要離開國姓爺，我……

施琅：你！……可惱呀！納命來！

曾德：大人，我不想與你為敵……

曾德求情之時，施琅毫不留情地砍殺曾德，曾德只是躲避。

施琅：狗奴才！我絕不會放你煞！

緊張音效繼續。

施琅追上曾德，一刀砍了曾德的腦袋。

施琅站在曾德的屍體旁，瘋狂的大笑。

施琅：這就是背叛我的下場，哈哈哈哈哈！我施琅、有恩報恩、

劇本四

有仇報仇，逆我者，死……

△ 燈光變換閃爍。

| 6 | 文 | 國姓爺府宅 | 國姓爺、陳永華、小兵 | 陳永華與國姓爺討論攻台大計時得知施琅已殺害曾德，國姓爺大怒…… |

△ 音樂漸收，燈光轉回正常。
△ 國姓爺與陳永華正在國姓爺府邸商議國事。

國姓爺：陳參軍……目前局勢不穩，清兵的勢力愈來愈大，你……甘有啥麼好辦法？

陳永華：啟稟國姓爺，其實……在海的另一邊，「寶島台灣」，絕對是咱尚好的後防之地……

國姓爺：你是說……福爾摩沙？但是……澎湖……比較起來不是卡近嗎？

陳永華：澎湖是一個石頭島，但是福爾摩沙四季如春、物產豐榮，若在那安營紮寨，種植農作、將海水曬鹽，應該攏會有很好的收成，咱的軍隊就不驚沒糧草了！而且，寶島在海上，進可攻，退可守，實在是尚好的戰略基地！

國姓爺：陳參軍說的真有道理，但是若要出兵福爾摩沙，咱按廈門出發，尚近的海港就是大員港，但是大員為紅毛所佔，熱蘭遮城上面佈滿火炮，恐怕咱的船隊……無法抵擋……

陳永華：紅毛的實力堅強，確實要好好計畫！國姓爺應該邀請曾德將軍來共同討論……

國姓爺：對！來人呀！請曾德將軍前來！

小兵出場,跪下。

小兵:(緊張發抖)稟告國姓爺,代誌不好了……

國姓爺:(怒)啥麼代誌不好,你說乎清楚!

小兵:曾德大人……乎郎殺死了!

國姓爺:(怒往前一步)什麼?哪有可能?什麼郎好大膽,敢殺死我鄭成功的先鋒將軍!(對小兵)你說,兇手是誰?

小兵:是……是……是施琅大人……

國姓爺:(大怒)施——琅!你好大膽!竟然敢殺死我鄭成功的大將!你……時常對我無禮冒犯,威脅我,當作我不知影你腹內在想啥?你的野心我一清二楚!哼……飼老鼠、咬布袋,你背叛我,只是早晚的代誌……
我一再忍耐你,但是……這一次,你殺死將官,觸犯軍法!我若不辦,是要怎樣對其他將官交代?
我絕對不能擱放你干休!

憤怒的音樂響起。

| 7 | 武 | 施琅府宅 | 劉錦世、施琅父、兄、小兵、施琅 | 施琅府邸遭國姓爺的士兵火燒,施琅之父兄被殺,施琅怨恨、立誓復仇。 |

憤怒的音樂響起。

小兵數名衝入施琅府邸。

小兵:殺——

劉錦世衝出。

劉錦世：來者何人，看恁來意不善，報上名來！

小兵一：阮要找施琅，叫施琅馬上出來！

劉錦世：哼！你是什麼人！來到施琅將軍府，竟然敢用這種態度！

小兵一：哼，你又攔是什麼郎？

劉錦世：我……我是施琅將軍的家將，我……

小兵一：家將？哼！閃邊去啦！來人呀，把施琅交出來！

△ 施琅父、兄出現。

施琅父：錦世，你退下……

劉錦世：……是。

施琅父：恁到底是什麼人？有何貴事？

小兵一：施琅在哪？甲伊交出來！

△ 劉錦世退到舞台邊，喃喃自語。

劉錦世：我看他們一定不懷好意，我要趕緊去稟告施大人！

△ 劉錦世離開。

施琅父：施琅系我的兒子，請問到底是發生什麼代誌了？

小兵：國姓爺有令，捉拿施琅，斬首示眾！

施琅父：這……哪有可能？阮施琅是國姓爺的大將，這其中一定有什麼誤會！

小兵二：國姓爺有令，甲伊交出來！

施琅父：不行！伊是我兒子！到底是發生什麼代誌？
　　　　恁毋講乎清楚，我絕對不會甲恁說伊在叨位！

施琅兄：父親，你要小心，我看我們先來走……

小兵一：甘說恁想要包庇施琅的行蹤？

小兵二：想要包庇施琅，連恁都無法度活命！

小兵一：國姓爺有令……放火，燒！殺無赦……

△ 燈光轉換為橘紅跳躍，顯示施郎宅邸火光熊熊，營造出失火的場景。

△ 激昂的音樂下。

△ 小兵舉刀刺殺施琅父與施琅兄。

△ 施琅父與施琅兄慘叫後倒在台上，小兵們離開。

△ 劉錦世帶著施琅回來。

劉錦世：大人，你看……啊，代誌不好了！

施琅：失火了！那欲安內……發生什麼代誌？

施琅衝入府邸。看到大哥與父親倒臥，他先看到大哥。

施琅：（慘叫）啊……阿兄！哩那欸……是啥麼人下的毒手！

△ 施琅翻開大哥，發現父親倒臥在下方。

施琅：（慘叫）啊……父親！父親啊！孩兒不孝，沒有好好保護你，父親呀……

△ 施琅抱著父親哭喊。

施琅父：（瀕死）孩兒……你緊走……緊走……不通乎國姓爺找到……

劇 本 四

△　施琅父親死亡。

施琅：（哭喊）父親！父親！阿兄……我一定會為恁報仇……鄭成功！我知道是你！你實在是太狠了……我一定會報仇！……（憤恨哭泣）君子報仇，三年不晚，我做鬼都不會放你煞！

△　此時燈光依舊是火光熊熊的效果，映照著施琅，看起來十分恐怖。

△　劉錦世在旁害怕發抖。

說書人：光陰迅速，歲月如梭，多少恩怨，談笑而過。吳三桂引清兵入關，中原風雲變色，國姓爺打敗荷蘭人，在台灣建立明鄭東寧王朝……

| 8 | 文武 | 台灣的青山綠樹 | 農人，陳夫人、丫環阿桂、陳永華 | 場景來到台灣，青山綠樹稻田中農夫哼唱台灣民謠。陳夫人與丫環請農夫吃午餐，大家讚嘆寶島之美，也惋惜國姓爺已離世。 |

△　若是有兩個舞台的環境，可將此景區隔開，轉場應會較為順利。

△　上一場的恐怖音效，由輕快的大自然音樂取代，

△　蟲鳴鳥叫聲中，布景轉為青山綠樹。

△　一隻白鳥飛過空中。

△　農夫走出，開始耕田。

△　輕快好聽的台灣農村曲響起。（透早著出門，天色漸漸光，受苦無人問，行到田中央……）

△　陳夫人、丫環阿桂揹著布包走出。看到農夫唱歌，停下來聽。

農夫：（接唱）行到田中央，為著顧三頓，顧三頓，毋驚田水……冷霜霜……

丫環：（笑）哈哈，夫人，妳看，伊做的真歡喜，一邊做擱一
　　　邊唱歌內……

農夫：（聽到阿桂的聲音，不好意思的笑）唉唷，哈哈哈，是
　　　陳夫人和阿桂小姐喔！
　　　唉唷，歹勢，我唱歌這尼歹聽，擱呼恁聽到，等一下害
　　　你們中午擱呷不下……

丫環：哪有可能？福伯你唱歌真好聽欸……

農夫：啊恁甲飽沒？

丫環：還沒啦，才要給老爺送飯去而已……

農夫：唉唷，一直跟恁講呷飯欸代誌，害我擱餓了起來……

陳夫人：（靠近丫環的布包好像拿東西，再靠近農夫身邊）來，
　　　　福伯，這飯丸請你呷！

農夫：唉唷，夫人，按捏歹勢啦，這……不是陳參軍的中午飯嗎，
　　　麥啦麥啦，歹勢啦！

陳夫人：你放心拿去，陳參軍如果知影我請你吃飯丸，一定很
　　　　歡喜，你緊吃，先休睏一下……擱是因為恁這麼認真種
　　　　田，咱才有飯通吃，國姓爺的軍隊才能為著反清復明
　　　　的大業打拼！恁欸功勞很大，是阮要感謝你！

農人：夫人……你……金拍謝內……多謝啦，安內我就收下了！

丫環：福伯，你喔！你真好運，吃到陳參軍的午餐，還是夫人
　　　親手做的飯丸，我看你等一下一定很有氣力，連明天的
　　　工作擱做的完！哈哈哈……

大家哈哈笑。

△　陳永華走進。

陳永華：欸，是啥米代誌乎恁大家笑的這麼歡喜？

陳夫人：沒啦，是阮在感謝福伯種田的辛苦！

陳永華：嗯！確實要好好感謝咱寶島的台灣人，吃苦當作吃補，每日對天光做到天暗，真正很辛苦……一粒米百粒汗，多謝恁……

農人：陳參軍，阮才要跟你說多謝，以前阮毋知安怎種出好米，你來之後，教我們種田的撇步，擱挖水道灌溉田園，現在種出來的米比以前好多了，是你讓阮的生活改變，愈過愈好！多謝啦，我先回厝休息！

△　陳永華、夫人、丫環阿桂一起點頭。

△　大大的蝴蝶飛來。

阿桂：啊，這隻尾蚜啊真水……

△　阿桂追蝴蝶，離開。

陳夫人：我真甲意台灣，這裡風景水，空氣好，四季如春……我願意永遠住這裡。

陳永華：沒錯。我也把這個寶島當作我自己的故鄉，我一定要把這裡建設成美好的家園……只可惜……（憂傷）這一切……國姓爺已經看不到了……

陳夫人：唉，國姓爺真歹運，來到台灣第二年就破病過世……攏還沒享受到，就……

陳永華：想起彼當時甲伊作夥攻入熱蘭遮城，實在是有夠驚險……好加在有聖母娘娘欸保庇……

激昂的海戰音樂起，燈光變化成奇異色彩，回憶場景接續。

| 9 | 武 | （回憶）鹿耳門登陸海戰 | 陳永華、夫人／國姓爺、何斌、荷人（不同場景／時空） | 陳永華回想當年與國姓爺來台時困難重重的征戰畫面。（大南門：分割舞台，一邊是台灣區，一邊是海戰區；延平郡王祠：同一舞台，陳永華與夫人站在前面說話，後方上演回憶場景） |

激昂的音樂聲中，國姓爺的戰船駛入。

　　小兵（何斌）：啟稟國姓爺，就是這條水路！這裡就是鹿耳門，地形危險，紅毛未在這設下防守，按這裡攻進去，勝算真大……毋擱……

　　國姓爺：毋擱如何？緊說！

　　小兵（何斌）：毋擱，今嘛海水還未有流，咱的船隊無法渡過鹿耳門溪……

　　國姓爺：不行！今日一定要進入大員港、攻入紅毛城！

　　小兵（何斌）：但是……鹿耳門溪底有像刀山同款的鐵板沙，若是硬過，咱的船一定會壞去……

　　國姓爺：準備香爐！點香！

　　小兵（何斌）：是！

另一小兵拿來香爐，國姓爺手高舉香祭拜！

　　國姓爺：聖母娘娘，信徒鄭成功請求祢保庇阮安全渡過鹿耳門溪，甲紅毛人趕走，我會為台灣的人民建立一個幸福的家園，求聖母娘娘保庇，乎潮水漲起，乎阮的船隊進入台灣！

劇本四

△　風雲變色，閃電四起。

小兵們齊聲喊：大水南流（漲潮之意）！大水南流！國姓爺！起大水呀！船可以過了！

國姓爺：哈哈哈哈哈……多謝聖母娘娘保庇！多謝聖母娘娘保庇！

△　激昂的海戰音樂下，鄭成功的船隊駛入。
△　背景流動，顯示船隻前行。
△　船隻停下，岸上出現數名荷蘭人。

威廉軍官：停船（Stop）！停船（Stop）！來者何人（Who are you）？恁是安怎進來的（How can you coming）？

小兵（何斌）：是我帶國姓爺進來的！

威廉軍官：何斌！是你（It's you）？你背叛我們（You betray us）？

小兵（何斌）：欸欸欸，賣說我背叛恁，我本底就和國姓爺一國的！說實在的，我幫恁紅毛做翻譯，每天攏要被你們氣死！

威廉軍官：什麼（what）？你這個騙子（You are a lier）！

國姓爺：哈哈哈哈哈哈……本王的時代來臨了！三軍，殺！

眾兵齊聲：殺──

△　小兵與之對戰，戰爭的音效與砲聲，小兵將荷蘭人打倒。

| 10 | 文 | 田園景 | 陳夫人、丫環、陳永華 | 陳永華感謝夫人陪他一起吃苦，氣氛歡欣。 |

△ 陳夫人的話聲出現，海戰的音樂即消失，燈光變化回正常。

陳夫人：唉……想到剛到台灣彼時，生活……真正是很辛苦。國姓爺一定就是因為日夜操煩，才會……唉……

陳永華：（激昂）我一定不會辜負國姓爺對我的栽培，我會完成伊的願望，讓人民過尚好的生活！我已經開始建磚窯燒製磚瓦，予台灣郎住磚仔厝，免受風寒之苦！我擱想要起廟、起學校，予人民可以拜拜、囝仔可以讀書，按捏才能提升人民的素質……

陳夫人：夫君，你做的真好。國姓爺在天之靈一定很歡喜……

陳永華：（轉向陳夫人，深情）……夫人，多謝你陪我吃苦。

△ 陳夫人輕輕靠著陳永華。

△ 丫環阿桂追著蝴蝶回來，看到陳永華與夫人依偎，便開玩笑。

阿桂：唉呀，老爺、夫人，真歹勢，攪擾到恁談情說愛……

△ 陳永華、夫人趕緊分開。

陳夫人：唉喲，無啦，阿桂你不通黑白說！

阿桂：老爺，夫人，擱攬一下嘛……我可以當作沒看到……

阿桂與陳永華：哈哈哈哈……

△ 大夥兒哈哈大笑，氣氛歡樂，歡欣的「農村曲」音樂再度響起。

| 11 | 文武 | 施琅宅邸 | 施琅、劉錦世 | 施琅落魄的待在陰暗的房間中，立誓要誅殺鄭家、一個不留！派劉錦世為臥底前往福爾摩沙剷除鄭家勢力…… |

△　燈光轉換，由台式農村景轉為施琅宅邸。（若在大南門演出，則可以使用另一個舞台表現，不需換景。）

△　施琅落魄的待在陰暗的房間中。

△　詭異的音樂下。

施琅：（悲嘆）可悲呀……可惱呀……我投靠清朝，猶原不受重用、無權無勢，
大家都看我不起……
我施琅會到今仔日……悽慘落魄……有手伸無步，有腳行無路……攏系因為……
鄭成功！你甲我害甲有夠悽慘！算你狠……算你狠……哈哈哈……

△　施琅像發瘋一樣大笑。

△　劉錦世端菜進入，勸施琅吃，施琅卻憤怒的將菜推倒。

劉錦世：大人，呷飯啦……加減呷一點，好否？不通按捏糟蹋自己的身體……

施琅：呷飯？呷啥米？我已經是一個無路用的人，呷飯嘛是浪費，不如死死去卡快活！錦世，你看，像我這樣一個無權無勢的廢人，活著有什麼意義？

劉錦世：大人，你千萬不通這麼說，自我細漢你甲我救起來的彼日開始，我就甲你當作是我的阿爹，你就親像我唯一的親人……

施琅：親人？親人？（悲憤的大笑）哈哈哈……我已經沒有親人了！我的父親、大兄攏給鄭成功殺死了！

劉錦世：但是……大人，鄭成功也已經不在人世……俗語說，三寸氣，千盤用，一旦無常，萬事休……請大人……

施琅：（打斷）不可能！（咬牙切齒）鄭成功……只要我活著的每一天，我對伊的恨，只會愈來愈多……愈來愈深……就算伊死了，伊欸後生，伊欸家族，攏是我欸冤仇人！可憐我悽慘落魄，已經沒有能力擱再找他們報仇……此仇不報，我做鬼嘛毋甘願！

劉錦世：（嘆，同情施琅）……甘說……真的沒有辦法復仇？

施琅：鄭成功的後代攏在台灣、大海茫茫，要報仇也找無人……

劉錦世：大人，其實……你熟悉海戰、武功高強，若是你可以振作，好好跟清朝合作，利用清朝的力量，攻打台灣……就可以東山再起！
而且……鄭成功死了，鄭家已經沒什麼能人，別說是一個鄭家，十個鄭家嘛不是你的對手！

施琅：不對！……你不知影……鄭成功雖然死了，擱有一個比鄭成功更巧、更強的人留在台灣……

劉錦世：是什麼人咧？

施琅：是伊的軍師，陳永華！這個人是鄭家尚大的幫手，若可以將伊除掉，哼……鄭家一定倒！其實……我有一個好辦法……
錦世……你，甘是真正甲我當作恩人？

劉錦世：當然！

施琅：按捏……你甘願意做我的義子？

劉錦世：（激動、高興）這……當然嘛願意！這是我最大的光榮！

施琅：劉錦世，我就收你做為義子，你甘願意為我去台灣，除掉陳永華？

劇本四

劉錦世：大人……啊，義父……為了報仇，什麼苦我都毋驚。

施琅：真好……真好！錦世，我命令你馬上去台灣，除掉陳永華，甲我裡應外合，將鄭家殺的片甲不留！

劉錦世：遵命！

△ 陰險邪惡的音樂響起。

△ 施琅想到要報仇，一改落魄，縱聲大笑……

施琅：哈哈哈哈哈……報仇，我一定要報仇！……鄭成功！海水闊闊，船頭也會相遇到！我甲你鄭家誓不兩立！

| 12 | 文 | 海濱小鎮 | 鹽農（鹹魚仔）、漁夫（赤嘴仔）、錦世 | 漁夫划著小船經過鹽田，向鹽農打招呼，兩人講起笑詼，卻撞上漂流而來的劉錦世，兩人合力把他救醒。 |

△ 大自然音樂進。

△ 布景轉為藍天與大海。

△ 戲台上有幾座堆成小山的白色鹽田道具。

△ 鹽農在鹽田旁工作。

△ 漁夫一邊哼著小曲，一邊划船進。

漁夫：來去——來去——來去——來去，咱來去 GO TO 抓魚去——
啊來去——來去——啊來去——來去，啊蚵仔蛤仔滿滿是——
海水鹹鹹，日頭炎炎，今仔日咱馬上要出海去，為什麼緣故？
因為我要抓魚賺大錢！賺大錢！

漁夫看到鹽農，打招呼。

鹽農：唉唷喂呀，赤嘴仔，麥擱唱呀，唱歌欲攏毋我聽歌欲甘苦！

漁夫：（不開心）……鹹魚仔，啊你是透早就吃鹹魚喔，一張嘴鹹滴堵——

鹽農：好好好，我惦惦……欸，赤嘴仔，啊你今仔日心情那欲這呢好？

漁夫：沒說你毋哉，我喔，今仔日一定大豐收啦！

鹽農：哼，啊還沒出海就說大豐收？我看你是呷太飽在眠夢啦！

漁夫：我跟你說正經的，昨晚媽祖婆託夢給我，說我今天出海會抓到一隻兩百斤的大魚！

鹽農：兩百斤？賣黑白講！我生這麼大漢，呷過的鹽，比你呷過的米卡多！
還沒看過有人抓到兩百斤的魚！說你在眠夢擱真正是眠夢……

漁夫：你毋信沒關係，等一下我哪是抓到，你就毋通叫我分你！

鹽農：你若真正抓到兩百斤的魚，我分一斤鹽給你配攏沒關係！

漁夫：好！你說的喔！

鹽農：啊呀，麥肖想了啦……這裡可以抓兩百斤大魚？笑死人……

漁夫的小船划著忽然撞到東西。

漁夫：唉唷，啊是撞到什麼？軟軟的，這是……

鹽農：哈哈哈，甘是撞到媽祖婆說的那尾大魚呀？

劇 本 四

△　兩人走去查看後尖叫。一個人體浮上戲台。

漁夫、鹽農：啊……怎麼是死人？

△　兩人慌亂得團團轉。

漁夫：唉唷，死人，要怎麼辦，緊逃好了……

△　漁夫轉頭要走，鹽農拉住他。

鹽農：欸欸欸，不能這樣就走啦，你嘛卡好心，把他拖起來岸上……

漁夫：不要啦……我會驚啦……郎若衰，種匏仔嘛欸生菜瓜！捉魚嘛欸抓到死人骨頭……唉唷喂呀，我先來走……

△　漁夫轉身要離開，死人卻動了一下，原來是劉錦世。

鹽農：唉唷，還會動，還沒死啦！

漁夫：（轉回來）還沒死喔？

鹽農：赤嘴仔，你緊救他！緊救他！

漁夫：要怎麼救？

鹽農：欸……（國）「人工呼吸」啦！

漁夫：毋通啦！我還沒娶某，這是我的（國）初吻內……

鹽農：卡緊欸啦，等一下伊就死翹翹的啦！

漁夫：（憂愁）好啦……

△　漁夫幫劉錦世人工呼吸。

△　劉錦世醒來。

△ 漁夫連忙跳開。

劉錦世：這裡……是什麼所在？

鹽農：啊！醒了醒了！

漁夫：嗚……我捶也這麼衰，媽祖婆託夢說會抓到兩百斤的大魚，原來……是撿到一個兩百斤的查甫人啦！嗚……我欶初吻……嗚……

劉錦世：（道謝）咳咳咳……多謝大爺救命之恩！

鹽農：嘖嘖……少年郎毋通按捏想袂開，郎欶生命真寶貴，毋通為了小代誌就要了結生命……

劉錦世：啊，恩公，你誤會啦！我是要從福建坐船來台灣，沒想到遇到風浪，船翻了，我只好一直往前游，最後真的沒力了……多謝兩位大爺相救！

鹽農：啊你嘛真好運，真的給你流到咱寶島了！這裡就是府城！

劉錦世：府城？府城系叨位？

漁夫：唉喲喂呀！啊你是真正毋捌，還是海水哣太多頭殼歹去了？
你不知道府城？郎說「一府二鹿三艋舺」，一府就是阮「府城」！

鹽農：對啦對啦！你甘有聽過一句話：「頂港有名聲，下港有出名」，這「下港」就是咱「安平港」，府城是寶島尚熱鬧的所在內……

劉錦世：原來係安內……我竟然順利來到安平港？多謝天公伯保庇！

漁夫：（怒）你是要多謝我救你啦！當作會抓到一尾大魚，結果……攏系你啦！害我的初吻嘛不見了！

劉錦世：啊，真歹勢……是說……你甘有聽過「陳永華」這個人？

漁夫：陳永華？你說……國姓爺的參軍，陳永華陳大人？
當然嘛有！伊是阮府城尚重要的父母官！

鹽農：若是沒伊，我擱不知影要如何曬鹽，以前鹽是用煮的，苦又澀，陳大人教阮起鹽田，潑海水曬鹽，現在的鹽白又水，價格好多了！伊算是阮欸大恩人！

漁夫：伊對寶島的貢獻才不只曬鹽……來來來，恁攏起來我的船上，我帶恁去看陳大人起的廟！

△ 三人乘上小船，輕快音樂下。

| 13 | 文武 | 嘉南風景 | 鹽農、漁夫、劉錦世 | 漁夫與鹽農介紹台灣生活改善，功勞最大其實是陳永華。 |

△ 輕快的田園音樂中，布幕變化。

△ 海鷗飛過。

△ 河面上小鴨游過。

劉錦世：沒想到……寶島的風景這麼水……

鹽農：以前府城給紅毛管的時候，才沒這種風景咧，雖然說國姓爺來寶島沒兩冬就離開，但是陳參軍陳大人真正是一個為民設想的好官！伊真厲害，什麼攏會，這幾冬，稻米大豐收，鹽、糖品質攏變好，連阮叨欸厝攏按草厝仔變做紅磚仔厝，生活加卡好過！

漁夫：我是福建郎，以前剛來到這，連想要拜拜求平安攏無法度，

陳永華大人想到阮這種出外郎思鄉的心情，從福建迎來香火，起廟乎阮拜拜，心頭有依靠，做什麼代誌嘛攏卡順遂！

| 14 | 文武 | 廟會 | 鹽農、漁夫、劉錦世 | 小船停泊在接官亭，熱鬧的鞭炮聲四起，舞龍舞獅、廟會陣頭表演。 |

小船停泊在接官亭。

熱鬧的鞭炮聲響起。

歡欣的廟會音樂。

劉錦世：發生什麼代誌？

漁夫：啊，你看！神明生，有陣頭！

鹽農：真好真好，有熱鬧可看啦——

舞龍舞獅陣頭表演。

鹽農：噢，真好看……

劉錦世：這個陳永華……好像是一個不簡單的人物……
　　　　請問二位，若是想拜訪陳永華，應該要安怎做？

漁夫：陳大人就住在附近！

鹽農：你就沿這裡直直走，擱問人，大家攏知道陳大人的厝在哪裡！

劉錦世：多謝兩位相救！告辭……

劉錦世告別，鹽農、漁夫上小船，兩方分開離去。

劇本四

| 15 | 文 | 陳永華官邸前 | 錦世、夫人、丫環、永華 | 劉錦世想除掉陳永華，沒想到陳永華反而要他回家吃飯並且收留他，讓錦世心情十分複雜。 |

△　燈光變化，配合陰沉險惡的音樂。

△　陳永華的宅邸景。

△　聚光燈打在劉錦世身上，其他處僅隱約可見。此為劉錦世陰暗的內心戲。

　　劉錦世：（喃喃自語）陳府……應該就是這裡。聽起來……這個陳永華，真受台灣人的尊敬……若不是伊，鄭成功的勢力絕對無法這麼強……想要消滅鄭家，我一定要先除掉陳永華！

△　雷聲音效進。

　　劉錦世：依我看來……這個陳永華，只是一個文弱書生，不是我的對手，今暝我就甲伊全家攏殺掉，幫義父報仇！

　　丫環：你是什麼人？在官府頭前鬼鬼祟祟（瞇瞇頁頁），看起來就不安好心！

△　陰沉音樂立刻停止。

△　劉錦世嚇一跳。

△　內心戲被打斷，燈亮，恢復正常的宅邸景色。

△　丫環與陳永華、夫人一同入場，丫環走在前。

△　陳永華上前制止丫環。

　　陳永華：阿桂，毋通按捏……來者是客，毋通對人客這種態度！

　　丫環：但是，老爺，伊……

陳永華：嗯？

丫環：……好啦，是我不對，失禮啦！（故意走到劉錦世前）哼！算你好運！

陳永華：（走到劉錦世旁，點頭鞠躬）少年郎，有何貴事？

劉錦世：（口氣不好）我想要找「陳永華」！

陳永華：你說的陳永華，就是我。

劉錦世：是你！？

陳永華：我看你一表人才，眉目中透漏著英雄氣，應該是武將命格，但是……你的衫甘捺浸過水，濕漉漉……敢問……是發生什麼代誌？你為何在此？

劉錦世：我……我……

陳永華：來，麥說這多，阿桂，先帶這位公子沐浴洗身，然後咱再坐下來慢慢說！

丫環：（不願）……老爺，按捏甘好？

陳永華：阿桂，你就照我說的做吧！

△ 陳永華與夫人離開。

△ 阿桂走到劉錦世面前，不高興的口氣。

丫環：哼！跟我來啦！

△ 劉錦世與丫環離開。

△ 過場音樂、燈光變化。

△ 桌椅升起。

△　陳永華與劉錦世對坐聊天。

陳永華：公子，敢問您尊姓大名，為何來到我家門口？

劉錦世：我……我的名字……不重要，就叫我無名吧！
　　　　以前……我曾經跟隨鄭成功的軍隊……但是……因為某種原因離開……
　　　　有人甲我說，台灣有鄭成功的後代子孫，還有一個很有能力的陳永華參軍，我才想要坐船渡過黑水溝，來這裡看看……沒想到遇到風浪，船翻了，給兩個好心人救起來，是他們送我來這裡的……

陳永華：你以前曾在國姓爺的軍中，那你是跟隨哪個將軍呢？

劉錦世：我……那個將軍已經離開了，不提也罷。

陳永華：好……你若不想要說這些過去，咱就麥說。你真不簡單來到寶島台灣，歸去以後就繼續留在咱鄭家的軍隊裏面，不知意下如何？

劉錦世：這……

陳永華：你就先住下來，等欸我會請阿桂幫你安排晚餐和房間，你不通客氣。多一個郎就是多一分力量，阮擱需要你做伙對抗清朝！

劉錦世：但是……

陳永華：台灣是一個好所在，你一定會甲意。

△　陳永華離開。

△　緊張的音樂響起。

△　劉錦世的內心戲。

劉錦世：這……代誌那欸安捏？陳永華竟然要我留在伊的身軀邊？哼！雖然說伊真是一個勤政愛民的好官……但是千錯萬錯攏是鄭成功的錯。我絕對不會對不起義父！我要為義父報仇！我先來去觀察地形，今夜就動手！

△ 劉錦世離開。

| 16 | 武 | 花園／天地會 | 天地會成員、劉錦世 | 劉錦世決定今晚就動手！但黑衣人出現，見情況不對，躲到大樹後面觀察。 |

燈光變化迅速，緊張懸疑音樂漸大。

換景成為有大樹的花園景。

劉錦世：這裡……就是陳府的後花園，也是陳府最隱密的所在，我先躲在此地，等大家攏睡去，找機會除掉陳永華……

忽然有一黑影飛過。

劉錦世：啥米郎？不好，甘是有人來了？先躲起來再說！

△ 劉錦世躲到樹後。

中國武術的配樂響起。

黑衣人自左右飛來，在空中練武過招。

△ 黑衣人回到地面後紛紛跪下。

陳永華走出，但臉上蒙著布只露出眼睛。

黑衣人：參見總舵主！

陳永華鞠躬。

黑衣人扶來一受傷的黑衣人。

陳永華連忙上前探視。

黑衣人：總舵主，伊受傷了……

陳永華：代誌是怎樣發生？

黑衣人：這位兄弟在清朝軍隊做內應，不幸被發現，乎灌下劇毒的毒藥……

陳永華：待我觀來……啊,毒性已經攻腦！唯一能解只有使出「凝血神爪」！

黑衣人：但是，總舵主，若是使用「凝血神爪」，恐驚會傷到您的元神……

陳永華：無妨，救人要緊！……喝！（運功）

△ 魔幻音效進，燈光變化。

△ 陳永華使出「凝血神抓」的招式，比劃一番後伸手抓向受傷黑衣人的胸口。

△ 魔幻音效繼續，燈光強烈變化後恢復正常。

△ 陳永華虛弱的往後退。

黑衣人：（扶住陳永華）總舵主，你有要緊否？

陳永華：放心，我沒事……兄弟,你現在覺得如何？

受傷的黑衣人：（站起）我……我……好像攏好了！多謝總舵主救命之恩！

△ 陳永華左顧右盼。

陳永華：卡細聲！等一下被別人聽見！咱的見面絕對不能乎人發現！
（嘆）天下大勢該當如何，其實我並無把握，但是咱天地會，以天為父，以地為母，絕對不能對不起良心！

雖然大明王朝勢力不如早前，但是兄弟呀！咱要以寶島為基地，反清復明，永遠不通忘記！

黑衣人：（全部跪下）是！多謝總舵主！

△ 陳永華離去。

△ 黑衣人展現武功後離去。

△ 大家離開後，劉錦世自大樹後走出。

劉錦世：這……我什有看不對？剛剛那……難道是「天地會」組織？
那個總舵主……雖然我沒有看到伊的臉，但是……絕對不會錯，伊……就是陳永華！想袜到……陳永華，竟然是天地會的總舵主？……我應該怎樣做才好？我想，應該擱觀察看麥……看陳永華伊到底在弄什麼玄虛！但是若是今晚不動手，以後甘有機會？啊……苦惱呀……

△ 燈漸暗。

△ 劉錦世在樹下沉思。音樂進。

| 17 | 又 | 花園 | 錦世、丫環 | 丫環與劉錦世互動生情，相約去觀賞盛會。 |

△ 清晨音效進。

△ 丫環阿桂拿著籃子進要餵雞。

丫環：咕咕咕……咕咕咕……雞仔鴨仔，來呷早餐囉！

△ 丫環學雞叫，幾隻小雞跑來。

△ 丫環走著，忽然看到在樹下睡著的劉錦世。

丫環：（尖叫）啊——有鬼呀！……不對，今嘛出日頭，鬼都躲

劇本四

起來了,不是鬼……
喂!你是啥麼郎?

△ 劉錦世醒來,站起來面對丫環。

丫環:(怒)吼!原來是你!你這摳「無名仔」!躲在這裡沖
　　　煞?難怪我昨晚找你找無,原來是躲在這!你嘛金奇怪!
　　　為什麼有房間不睏,要睏花園?

劉錦世:欸……我……昨晚睏不去,想說來花園走走……

丫環:哼!走走……走到睡著,你嘛真厲害!……哼!不要理你
　　　了!咕咕咕……呷飯!

△ 丫環轉身餵雞。又轉頭偷看發呆的劉錦世。

丫環:我甲你說,你喔,就放心住下來啦。老爺跟夫人攏是真
　　　好的人,你有緣分跟著伊,是上世人修來的福氣!我
　　　喔……自細漢阿爹就死了,十歲的時候阿娘嘛離開我,好
　　　家在老爺、夫人收留我,甲我當作女兒照顧……我真的很
　　　感謝伊……現在伊要乎你住下來,嘛是你的福氣啦!

劉錦世:妳是孤兒?

丫環:(快速)不是!……是啦,但是有老爺和夫人照顧我以後,
　　　我就不孤單了……

劉錦世:我嘛是……沒父沒母……

丫環:真的?

劉錦世:……但是,我有一個義父……

丫環:(開心)安捏說來,你甲我相同內……今仔日,在孔子廟
　　　有祭典,很熱鬧,你甘要作伙去看?我甲老爺、夫人都

要一起去。

劉錦世：孔子廟？這裡有孔子廟？

丫環：（驕傲）沒說你不知。你一定想不到府城會有孔子廟吧，這都是老爺的功勞喔！（走向劉錦世，拉著他走）行啦，咱作伙去孔子廟看熱鬧……

兩人離開。

| 18 | 武 | 孔廟 | 丫環、劉、陳 | 孔廟前談心 |

換景為孔廟景。上寫著「全臺首學」、「先師聖廟」。

廟會音樂進。

劉錦世與丫環走進。

丫環：無名仔，你說，剛才跳的舞有好看否？

劉錦世：真好看……我沒看過這種舞……

丫環：那叫做八佾舞，是要跳給咱中國最厲害的老師「孔子」看的喔！

劉錦世：我……自細漢就要種田工作，我沒讀過冊……

丫環：以前我也沒有呀，但是遇到老爺夫人以後就不同款了，老爺夫人認為……就算說是種田囝仔，嘛有讀冊的權利！我甲你說，咱寶島欸命運很坎坷，以前我剛出世的時候，咱這裡是給紅毛郎管的！

劉錦世：紅毛郎？

丫環：就是荷蘭郎！伊噢……頭毛紅紅，目睭藍藍，皮膚比嬰仔卡白，有夠恐怖……

好家在國姓爺他們甲紅毛趕出府城。你甘看有廟門上掛的那四個字？

△　劉錦世搖搖頭。

丫環：那寫著「全臺首學」！因為這裡是全台灣第一個拜孔子的所在……以前府城根本沒學堂，老爺修孔廟，起學堂，鼓勵人民讀書……

劉錦世：為什麼一定要讀書？

丫環：有讀書卡知影禮數呀！老爺說，咱是「禮義之邦」，凡事要有禮、要相讓，社會才會更進步……

劉錦世：（小聲）看不出來……陳永華真正是一個有理想、處處為人民設想的好官……

丫環：你剛剛說啥？

劉錦世：……無啦！……小姐，多謝你。

丫環：麥叫我小姐，我有名，我叫做「阿桂」。

劉錦世：阿桂小姐，真多謝……

丫環：免客氣……

△　陳永華進。

陳永華：啊，阿桂，原來你在此！夫人一直在找你……

丫環：老爺，拍謝，我……我陪這個「無名仔」來……四處看看……拍謝啦，我馬上回去……

△　丫環離開。

陳永華：……無名仔……甘說以後，阮都要叫你無名仔？

劉錦世：陳……大人，我……我叫做，劉錦世。

陳永華：劉錦世，好名，好名……你以前有參與過戰事嗎？

劉錦世：我曾參加好幾場海戰，尤其是澎湖那場……（忽然停下不說）

陳永華：繼續說呀，捺也不說？

劉錦世：……沒啦，過去欸代誌，沒什麼好說的。

陳永華：說的有理。過去欸代誌，就乎伊過去。眼前的生活才是尚重要的……
你……甘願意陪我走路回府？

劉錦世：這……（遲疑一秒）好。

| 19 | 文 | 幕變化（台南風景） | 陳永華、劉錦世 | 陳永華來到，丫環怕開溜，陳得知劉錦世能文善武、有仁俠之心，希望他可以擔任重要職務。陳永華介紹台南種種風情…… |

陳永華與劉錦世並肩走著。柔和的音樂響起。

布景變化，有甘蔗田、稻田、磚瓦屋。

陳永華：真好。今年的甘蔗大出，稻米也豐收。甘蔗可以製糖、稻米可以呷飽，今年是好年冬……還記得剛來寶島時，一間磚仔厝攏無，到冬天大家就冷吱吱……現在，磚仔窯都起好了，百姓也學到起磚仔厝的技術、吃有飽、睏有好，這是尚介重要的……

兩人安靜片刻。

陳永華：錦世……這個世間，有很多代誌，並不是一個郎的力量有法度決定。但是……咱可以共同打拼，乎這個世間愈來愈好，乎人民百姓安居樂業，過平安日子……這是咱欸責任。
你……感覺如何？

△ 柔和的音樂仍響著。

| 20 | 文武 | 花園 | 劉錦世 | 劉錦世告訴自己，不能忘記義父施琅之恩！今晚就動手殺了陳永華！陳永華卻把丫環許配給劉，希望劉把台灣當做自己的家。 |

△ 回到陳府花園，音樂轉成哀傷的音樂。

△ 劉錦世一人坐在陳府花園的大樹下。

△ 安靜了幾秒。

劉錦世：（嘆息）唉……

△ 丫環阿桂走進。

丫環：啊你捺也一個人坐在這裡？你是有什麼心事喔？

劉錦世：……毋啦……稍微休息一下。

丫環：喔……這樣我去餵雞了喔！

△ 丫環離開。

△ 劉錦世起身，看著阿桂的背影，再度嘆氣。

劉錦世：唉……時間過甲好快，來到寶島台灣……甘捺是昨日的代誌，但事實上……已經幾落冬（好幾年）。我實在很沒路用，竟然……竟然擱很甲意這裡的生活……我……我真正是對不起義父……我袜當甲義父當年收留我的恩

情放袂記！我一定要為伊報仇！
但是……這段時間，我看到陳永華的為人……伊真正是一個勤儉慈悲欵好官，若是將伊殺死，台灣島上幾萬郎的生活……攏會失去依靠……陷入苦難……
我到底是該安怎做才對？

激昂的音樂起。

幻象出現，白煙四起，施琅的影像在白煙中浮起，配合恐怖而巨大的音效。

施琅：劉錦世！你擱有什麼好想的？甘說……你要對不起我？甘說，你忘記我當年對你的救命之恩？甘說……（聲音愈來愈大）你要背叛我？你要背叛我？

劉錦世：毋啦！毋啦，義父，我沒有要背叛你……我沒有……

施琅：你不殺陳永華，就是對不起我！你一定要堅強，勇敢，殺死陳永華！

聲音從極大後嘎然而止，燈光恢復正常，也不在有煙霧。

劉錦世：（發抖）……我一定要堅強、勇敢，殺死陳永華！

劉錦世一刀砍斷身旁的大樹。

劉錦世：（喊）我一定要堅強！勇敢！我一定……

陳永華忽然進。

劉錦世驚嚇，手中的刀指向陳永華。

陳永華：……這麼晚了，還在練功夫？

劉錦世：我……我……

陳永華：很晚了，麥擱練了，卡早休睏吧。

△　劉錦世愣愣地看著陳永華幾秒。

陳永華：這劍……先收起來。我有一個好消息，想要甲你說。

△　劉錦世收回手中的劍。

陳永華：我跟夫人……很甲意你。也希望你，可以像我們同款，甲台灣當作自己的故鄉……

劉錦世：台灣……毋是我的故鄉！

陳永華：你若是有一個家庭，在這裡落地生根，台灣……就會變作你的厝，你的故鄉……

劉錦世：有……家庭？

陳永華：錦世……我跟夫人決定要把阿桂嫁給你。伊雖然是丫環，但是我跟夫人都甲伊當作是自己的女兒。請你好好照顧伊，我知影你是一個有能力有擔當的查甫人，你一定會乎伊幸福……

劉錦世：啥米？阿桂……甲我？……我可以娶阿桂？我可以有自己的家庭？我……可以甲台灣當作自己的故鄉？我……我甘真正可以安捏做？

陳永華：若是可以安捏，我，就親像多了一個兒子……你說，這甘是好消息？哈哈哈哈，錦世，我真歡喜，真歡喜……

△　陳永華離開。

△　劉錦世愣在原地。

△　燈光照在劉的臉上，他呆呆的什麼話也沒說，微微發抖。

△　燈暗，過場音樂進。

| 21 | 文武 | 陳永華官邸 | 陳永華、陳夫人、劉錦世、丫環 | 劉錦世與丫鬟舉行婚禮，婚後，劉決意輔佐陳治理台灣。新婚夫妻談心，劉差一點說出實情，卻又不敢多言 |

△ 熱鬧的結婚音樂進。

△ 府邸兩旁結著紅彩球。

△ 陳永華與夫人坐在中間。

△ 劉錦世與丫環阿桂進，拜天地，拜父母，對拜。

旁白：一拜天地……二拜高堂……夫妻對拜……

陳夫人：（起身走向阿桂）阿桂……妳就親像我的女兒……現在看妳有好的尪婿，我實在很歡喜……來，這條金鍊是我送妳的禮物，以後妳要好好相夫教子，做一個好牽手……

阿桂：（哭）夫人……多謝妳……多謝妳……

△ 阿桂與夫人相擁。

陳永華：唉唷，夫人，今天是歡喜的日子，恁兩個捀也目屎流不停……
來啦，錦世，你緊甲新娘仔的手牽起來。牽手牽手，手就要牽牢牢。
尪某感情糖蜜甜，二人牽手出頭天。闔家平安大賺錢，囝孫富貴萬萬年。
恁說對不對？

眾聲：（歡呼）對！

陳永華：錦世，我就甲阿桂交乎你了……

劉錦世：（跪下）感謝大人對我的恩情……我劉錦世……願意永

劇本四

遠留在台灣……我會更加打拼，甲大人幫忙，共同建設美好的府城……

陳永華：哈哈哈哈哈哈……太好呀！我實在非常歡喜！哈哈哈哈……

△ 陳永華與夫人離開。

△ 台上只剩阿桂與劉錦世。兩人對看，阿桂轉身，好像覺得害羞。

阿桂：無名仔，你麥按內甲我看啦……

劉錦世：以後，你就昧當擱叫我「無名仔」，要改叫我「夫君」。

阿桂：（面對劉錦世，故意）無名仔！（嬌羞轉身）早就叫慣習了……我不要改啦！

劉錦世：……唉……（長長嘆一口氣）

阿桂：（驚訝轉身看他）我惹你受氣啥？拍謝啦，我……毋是故意的……

劉錦世：毋啦……甲妳沒關係啦……可以娶到妳，是我三生修來的福氣……
但是……但是……

阿桂：按怎？你看起來……很憂煩……有什麼代誌攏可以對我講呀！

劉錦世：（欲言又止）……我……唉！不說也罷！

△ 劉錦世走向阿桂，兩人狀似牽手。

劉錦世：阿桂，妳甘知影……其實……我不是好郎？我……我是一個不忠、不孝、不仁、不義的歹郎，我一定會受到報應……

阿桂：夫君，你麥擱說呀！不管你以前做過啥麼壞勾誌，攏過去了……
無論如何，我嫁雞隨雞飛，嫁狗對狗行，不管發生什麼代誌，我攏會對著你的身軀邊。

劉錦世：阿桂……

兩人相擁。

甜蜜卻有點悲涼的音樂進。

| 22 | 過場 | 蒂變化（風景） | | 音樂過場 |

旁白：陳永華的用心，改變了劉錦世，伊的心內不再充滿怨恨，不再滿心想要報仇。陳永華對台灣這片土地的關懷，使劉錦世決定要全心全意甲伊幫忙。寶島台灣在他們的努力經營之下，有許多好的改變。設營盤田、劃出官田、上營、下營、林鳳營、新營、柳營，讓人民安心種田，猶擱起鹽田、建大廟、設磚窯……一切攏發展甲真好。有時，劉錦世會想起在黑水溝對岸的義父施琅，但是……伊知影，為了台灣人民，伊一定要保護陳永華……春夏秋冬，一冬過一冬，時間過得很快，二十冬過去……

| 23 | 文 | 陳永華官邸 | 醫生、夫人、丫環、陳永華、錦世 | 陳永華臨終時託付劉錦世要保衛台灣人民 |

陳永華躺在床上。

醫生正在看診，夫人、丫環阿桂、劉錦世在旁。

醫生看完後走到一旁，夫人丫環連忙追上。

丫環：醫生、老爺的身體到底是按怎？有要緊否？

醫生：哀……夫人，小姐……恁……要有心理準備。

夫人：啥米？醫生你說啥米？……我不相信……

陳永華：夫人，生死有命，富貴在天，恁不用為我擔心……恁先出去吧，我有話想對錦世說……

△　丫環與夫人對看一眼，哭泣著走出。

陳永華：（病重，說話吃力）錦世……你過來……

劉錦世：大人！我在這！

陳永華：錦世……最近局勢不穩……清朝一直想要進攻台灣，大明王朝……現在只剩寶島……我若是離開，你一定要幫我穩定軍心，保護台灣人民……

劉錦世：大人！你要保重，阮擱需要你……

陳永華：我……我……已經沒法度了……最近我收到消息，叛將施琅將率船隊進攻台灣，你一定要堅定，不通認輸投降……

劉錦世：大人……其實……其實有一個秘密，我一直想要甲你說……其實……我是……

陳永華：你免說了……（安靜一秒）其實，我攏知。

劉錦世：（驚）你攏知？

陳永華：你的祕密，甘是甲施琅有關？

劉錦世：大人，你……你……捺欸知影？

陳永華：其實……自你第一天漂流到寶島，來到阮叨門口，我就心內有數。

劉錦世：你……既然知影，為什麼攏對我這呢好？

陳永華：錦世……咳咳咳……（劇烈咳嗽）

劉錦世：大人，你有要緊否？

陳永華：錦世……我不希望勉強你……人，只要順著自己欸良心，就會做對的代誌。你要保護你覺得……尚重要的人、尚重要的所在……

陳永華倒下。

劉錦世：大人！大人！（吶喊）大人呀……

夫人、丫環進，兩人圍著陳永華哭泣。

悲傷音樂進。

陳夫人：夫君……嗚……

劉錦世：（對天大喊）陳大人，你放心！我絕對不會辜負你對我的期待……

燈光變化。

| 24 | 文武 | 海上 | 劉錦世、作戰士兵們 | 劉錦世述說自己的心路歷程，終於要與施琅為敵，他對不起自己的義父，但是，他希望能對得起千千萬萬的台灣人民…… |

激昂的音樂進，海戰準備開始。

燈光與布景變化。

大船進，船頭插著寫著「明」的旗子，與鄭氏家旗。

劉錦世站在船頭，大風吹的他的髮絲飄揚。

劇本四

△　激昂的音樂聲中，劉錦世獨白。

劉錦世：總算走到這天，這麼多年來，我尚驚，嘛是尚期待欸一天。
　　　　今仔日，我真正要甲施琅一刀兩斷……
　　　　義父……我真正是對不起你，但是……我對得起我自己的良心！對得起千千萬萬欸台灣郎！
　　　　海風起呀！甲阮船隊送去澎湖，讓我們跟清兵一決死戰！
　　　　無論結果如何，我絕對不會投降！

△　海戰音樂起。

△　另一艘船艦駛入。

△　壯闊激昂的樂聲中，兩艘船艦作戰，海上砲火隆隆，展開激戰。

| 25 | 武 | 海上 | 劉錦世、施琅 | 兩艘船艦靠近，劉錦世向施琅致歉，但表明自己將為台灣奮戰到底…… |

△　交戰數回後，兩艘船艦放慢速度，明朝船前站著是劉錦世，清朝船前站的是施琅。

△　兩船相逢。

劉錦世：停船！

△　船隻靜止不動。

△　兩艘船碰頭，劉錦世與施琅對看。

施琅：大膽狂徒！敢和清朝作對！納命來……
　　　嗯……你！甘捺金面熟……你……你甘是……

劉錦世：義父！

施琅：（大驚）劉錦世？你是劉錦世？

劉錦世：（跪下）義父在上，請受孩兒一拜。

施琅：錦世？我聽說你來台灣時遇到風浪，船翻了，我當作你已經死了，想袂到……想袂到，你竟然擱活著！來，孩兒，快過來我的船，咱兩人聯手，一定能打贏這場戰事！

劉錦世：義父，孩兒不孝，請原諒我……我不能夠投降！我要帶著大明的軍隊，戰到最後一刻！

施琅：啥米？你在說啥麼肖話？

劉錦世：義父，我來到台灣以後，認識陳永華，才知道伊是一個仁民愛物、慈悲為懷的好官，寶島台灣在伊的用心經營之下，已經是一個很美麗的所在，生活安樂、人民勤儉打拼，我懇求你，毋通傷害台灣人民，乎他們好好過日……拜託您了！

施琅：（大怒）你敢反叛我！叫你殺死陳永華，你卻顛倒反叛我！吃果子也要知影拜樹頭，而你……這個沒良心的狗奴才，竟然按內對我！
喝！

施琅舉刀，刺向劉錦世，劉錦世卻完全沒閃，被刺傷。

施琅：你……你怎麼不閃？

劉錦世：義父……我這條命是你救的……這刀，是要報答你對我的恩情……
（痛苦聲）……義父……虎死留皮，人死留名。人在做，天在看，陳永華的所作所為，攏是為了給人民更好的生活……啊……甘是要多替百姓想看麥？

拾肆　　　　　　　　　　　　　　　　　　　府城傳奇——靖海狼煙

施琅：（怒）輪不到你來教訓我！看刀！

△ 劉錦世微微一閃，刀子仍然劃過，卻沒有傷到要害。施琅再砍一刀。

施琅：（怒）輪不到你來教訓我！看刀！

劉錦世：（受傷的聲調，卻仍堅強）……義父……我讓你三刀，多謝你多年來的照顧。
但是……請你原諒我！我已經將自己當作是台灣郎……我要保護台灣！

施琅：麥擱說呀！殺……

劉錦世：（下定決心）三軍！殺……

眾聲：殺……

△ 雙方展開激烈的打鬥。

△ 砲火四起，燈光變化。

△ 主題曲音樂進。

△ 以下這場不一定要，可視情況增減或改編。

| 26 | 文武 | 海上 | 劉錦世、施琅 | 最後，施琅把刀插進劉錦世心口，劉錦世自成樓上墜下，施琅仰天長笑，笑聲中卻有悲傷，有對劉錦世的哀痛…… |

△ 施琅與劉錦世打鬥。

施琅：（瘋狂）背叛我的人……攏得死！哈哈哈哈哈……

劉錦世：義父……我有想過……當我甲你正面為敵的那一天……就會是……我死的日子。

施琅：你想要讓我殺死？那我就成全你！

劉錦世：死在義父刀下，我心甘情願，只求您能夠仁民愛物……

施琅：想在我的面前前講經說道，你不夠格！

劉錦世：義父，我不能把台灣交給你，但是……我最後的請求，請您答應我……若清朝真正佔領台灣……請您……好好對待台灣人民。

施琅將劍刺入劉錦世的胸口。

施琅仰天長嘯，笑聲到最後卻變作哀傷的哀嘆。

施琅：哈哈哈……哈哈哈……哈哈哈哈……

燈光變化。

主題曲音樂進。

（劇終）

| 古都布袋戲

【劇本五】
府城傳奇 —— 戰火波瀾

演出地點：陳德聚堂、國立成功大學鳳凰樹劇場

　　以真實歷史改編，講述鄭成功部將陳澤英勇善戰、盡忠職守，在動盪的時代與妻子郭蕊相互扶持的故事，而陳德聚堂就是昔日陳澤的府邸，本齣戲選擇在陳德聚堂演出，原創歌曲也搭配古蹟情境，期讓觀眾感受到陳澤與陳德聚堂的前世今生。

戰火波瀾
演出介紹影音

主題曲影音

☒ 劇本主題／創作方向：

　　古都木偶劇團創作《戰火波瀾》，2018 在臺南藝術節城市舞台單元上演，19、20 日兩天在市定古蹟陳德聚堂，也就是故事中主角「陳澤」真實的府邸上演，格外具有意義。

　　本劇有別於傳統戲劇聚焦於大名鼎鼎的人物，改以鄭成功身邊的部將「陳澤」為主角，融合豐富的歷史敘述、陳澤對台灣的貢獻，更細緻刻畫他與妻子「郭蕊」相遇、相知至相守的漫漫歲月。隨著劇情的推動，不只能夠進一步了解台灣的歷史，更能在觀戲過程中體察到心理與情感的深厚層次。將地方文史故事搬上戲台，以創新的特效手法結合傳統的野台文辭，在一次次轉場中，將四百年前的壯闊與浪漫，予以現代化的翻轉與搬演，以不同的角度，穿入戲劇的時空，感知在地豐厚的文化與歷史，為觀眾帶來別開生面的視聽饗宴。

☒ 劇本大綱

　　武藝高強的少年陳澤，意外營救被土匪打劫的少女郭蕊，兩人結緣。

　　陳澤加入鄭芝龍的海商船隊，回鄉後送給郭蕊南洋帶回的貝殼，有情人終成眷屬。

　　不料，鄭芝龍投降清朝，大明危急存亡之際，陳澤選擇加入鄭成功的軍隊，郭蕊壓抑著內心的不捨，含淚送他遠去。

　　陳澤在北汕尾之役立下大功，助鄭軍打敗荷蘭、攻下台灣，卻沒有戰勝的喜悅，因為他時時想起遠在家鄉的郭蕊。於是他向鄭成功請命，儘管是蠻荒異域，只要迎來家人，便可建立家園、成為「家鄉」，鄭成功深覺有理，下令「搬眷、屯田」讓官兵迎來妻小。

不久，鄭成功病倒，毫無胃口，陳澤想到家鄉老友杜財擅烹飪，現為部隊的伙房兵，便在西拉雅女孩伊娜的指導下，以台灣在地食材「虱目魚」、「蔗糖」來料理魚羹，深獲鄭成功讚賞。杜財也決定用這道菜在廟口開小吃店，和伊娜一起在台灣開創新生活。

郭蕊遠渡重洋而來，幸福的日子還沒開始，陳澤便捲入東寧王朝的爭權漩渦，郭蕊以女人獨特的智慧開導陳澤，讓陳澤決定不爭奪功名地位，專心駐守大港、輔佐陳永華建設鄉里，他也把弟弟們接來台灣，在府城內蓋陳家大宅，根留台灣。

沒想到，十多年後，陳澤再度接到鄭經的徵召，愈響應吳三桂反清，率軍隊前往廈門應戰。郭蕊擔憂陳澤身體狀況不佳，但陳澤卻有不得不離開的理由……

臨走的那一天，郭蕊送陳澤登上戰船。這次，她沒有哭，只是拿出多年前陳澤送她的海螺項鍊，直到大船開遠才落下淚來。

她知道，陳澤再也不會回來了……

因為陳澤的離去，霞寮陳氏的後代在清朝接管台灣後得以留下，子孫世代在祖先庇蔭下開枝散葉，德聚、不衰。

☒ 角色介紹

01. 陳澤。
02. 郭蕊。
03. 杜財。
04. 鄭成功。
05. 揆一總督。
06. 拔鬼仔（佩多將軍）。

07. 伊娜。

08. 鄭經。

09. 陳永華。

10. 眾小兵。

☒ 對白劇本

場次	32	場景	海上戰役－大海	時間	日
人物	陳澤、士兵們（士兵1可以由杜財飾演）					

壯烈的音樂，船隻們航行於大海上。

海面上有灰色的沙丘。

小兵1：漲潮了！漲潮了！

小兵2：總兵大人，你看，海中的沙崙，就要被水淹過了！

陳澤：快稟報國姓爺，我們要趁這個時機，攻入大員！

激昂的音效。

藍色絲帶飄舞，灰色的沙丘漸漸下沉，示意大水漲起。

船艦在水中浮沉。

陳澤：就是現在，把船帆升起，全速向前、進入大員！

小兵1：但是，總兵大人，鹿耳門港道是出名的危險！海底有如鐵刀一樣利的的鐵板沙，只要碰到，船就會毀去……

陳澤：不用怕！只要我們全心全意想完成一件事情，天公伯一定會來甚牲，只要有信心，咱一定會成功，眾戰士！衝啊──

小兵們：殺──

△ 船隻載浮載沉，在激昂的音效中，衝過海面、暗場。

場次	33	場景	普羅民遮城	時間	日
人物	揆一總督、拔鬼仔、士兵們					

△ 揆一與拔鬼仔在城牆上眺望城內動靜。

△ 士兵奔入。

士兵：不好了！不好了！總督、將軍，有好多大船，從鹿耳門港道進入台江內海，現在已經攻占北汕尾沙崙了！

揆一：什麼？

士兵：聽說是國姓爺的船隊，看起來軍力非常強大……

揆一：國姓爺？

拔鬼仔：哼！國姓爺也好，鄭成功也罷！也只不過是貪生怕死的漢人！揆一總督，這件事交給我處理！

揆一：佩多將軍（貝爾德，音近佩多），聽說國姓爺的海軍訓練有素，是很強的戰隊！

拔鬼仔：（輕視）哼！總督大人，漢人沒膽，聽見火槍火炮的聲音，就會嚇得痞痞挫！以我在這十幾年的經驗，每次把火槍拿出來，那些沒用的漢人就跑光光了！

揆一：但是鄭成功這個人，好像並沒有如此簡單……

拔鬼仔：總督！您不用擔心，只要將熱蘭遮城最好的火槍兵派給我，我會把那摳「國姓爺」趕出去！

揆一：佩多，如果我鳴砲兩聲，代表有危險，你必須馬上退兵！

拔鬼仔：哈哈哈！我們拿火炮的，怎麼可能打輸拿刀拿槍的？總督大人，你可別看不起我！哈哈哈哈⋯⋯

場次	34	場景	北汕尾沙洲	時間	日
人物	陳澤、杜財				

陳澤眺望著大海。

舞台前緣架有一座灰色的沙丘景片，象徵北汕尾沙洲。

杜財：總兵大人！

陳澤：（驚）什麼人？⋯⋯杜財，是你喔！你就叫我陳澤就好啦。

杜財：欸，那怎麼可以？現在的你跟以前的身分地位都不一樣，你不通害我⋯⋯

陳澤：這裡又沒有別人⋯⋯而且，咱是做伙大漢的兄弟！

杜財：（鬆一口氣）唉，剛剛差點嚇死，想不到，咱真正度過危險的鹿耳門，踏上大員的土地了！

陳澤：（嘆氣）唉⋯⋯

陳澤不說話，看著大海。

杜財：奇怪，你怎麼看起來不高興？

陳澤：沒有啦⋯⋯（欲言又止）

杜財：啊！我知道，你在思念你的郭家大小姐，對否？

陳澤：已經好多個月沒有回家，唉，不知道家鄉現在變作啥款？如果清兵、土匪來，甘有人保護她？

杜財：時間過得真快，我還記得你們第一次見面時，她還只是

劇本五

一個小姑娘……

△ 燈光變化，以下進入回憶場景。

場次	35	場景	回憶一鄉間	時間	日
人物	陳澤、杜財、幾個一起練武的男丁					

△ 練武吆喝的聲音中，燈漸亮。

△ 陳澤在前，帶領一群男人練武。

眾人：（練武聲）嘿！哈！喝！嘿！

△ 兩人離場，杜財累坐在一旁。

陳澤：杜財！站起來，繼續練！

杜財：唉唷……我杜子餓，沒力了啦！什麼時候才可以吃中午啊？

陳澤：才剛吃完早餐，就要吃中午！你吃卡壞！
現在時局不穩，清兵隨時會打來，咱若不把武陣練乎好，是要怎麼保衛霞寮？

杜財：你嘛拜託欸，一下打了五套拳，我真的沒力了啦！唉，又不是每個人都像陳澤你身體勇健、武功高強，我只是一個無三小路用（國語）的廚師，我……

△ 杜子餓（咕嚕聲）的音效進。

陳澤：（嘆）罷了！大家休息一下吧。

杜財：（開心）嘿嘿，我今天蒸包子，來，大家一人一顆，吃看看，好吃否？

△ 眾人歡呼、吃包子路人先下場。

陳澤：（搖頭）若咱這的查甫人大家都像你同款，整天只想吃，我看清兵打來，咱們也只能舉手投降！

杜財：不會啦！時勢沒你想的那麼壞！欸，聽說鄭芝龍的海商船隊正在招募武將，陳澤你功夫這麼好，不如去船隊工作？聽說他們去南洋做生意，跑一趟船就可以賺到滿滿的金銀財寶，比種田卡好多了……

陳澤：賺那麼多錢是要做什麼？

杜財：當然是娶老婆啊！你一個羅漢腳，沒錢要怎麼娶老婆？

女人的尖叫聲傳入。

畫外音：救命啊！救命啊！

陳澤：什麼人在喊救命？

杜財：對欸，有聽到聲音，咱快去看！

兩人跑離、布景變換、場景流動。

音效：緊張的音樂。

場次	36	場景	荒野	時間	日
人物	陳澤、郭蕊、杜財、歹徒2人					

女子（郭蕊）跑過舞台。

郭蕊：救命啊！救命啊！

她停下腳步回頭看。

郭蕊：我……我快跑不動了……

郭蕊動作緩慢、轉身再跑，後面幾個歹徒追上。

歹徒1：看妳要跑哪裡去！

歹徒2：別跑！快她抓起來！她是郭員外的女兒，一定可以要很多贖金！

△　歹徒抓住郭蕊。

郭蕊：救命啊……

△　陳澤跑進。

陳澤：什麼人！好大膽！光天化日之下為非作歹！

△　陳澤衝上前，施展拳腳，把歹徒紛紛踢飛。

歹徒：臭小子，無鬚也敢來做老大！

陳澤：惡霸，看招！

△　武戲一段

歹徒：好厲害啊！咱快走！

△　歹徒離去。陳澤扶起郭蕊。

陳澤：小姐，妳有沒有受傷？

郭蕊：（害怕發抖）我……我……我真驚……

△　郭蕊倚著陳澤，害怕而啜泣。

陳澤：放心，沒事了。

△　杜財走進來看見此景偷笑。

杜財：唉唷，這真正是「英雄救美」！擱再來，甘有可能「抱得美人歸」？（國語）人客啊，讓我們繼續看下去……

陳澤立刻放開郭蕊，郭蕊也嬌羞轉身背對陳。

杜財偷笑。

陳澤：杜財！不可胡言亂語！小姐，你免驚怕，我送妳回家。

郭蕊點點頭。

陳澤：請！

陳澤與杜財護送郭蕊離去。

布景變換、場景流動。

場次	37	場景	郭家大宅前	時間	日
人物	陳澤、郭蕊、杜財				

布景換成大戶人家的宅院。

郭蕊、陳澤走入。

郭蕊：多謝兩位壯士相助，這裡就是我的家門了。

杜財：哇……沒想到這個水姑娘竟然是郭府的大小姐！郭府家財萬貫，女兒又攏這麼水，吼……天公伯實在是真不公平！

陳澤：杜財！你恬恬，也沒人會當你啞巴！

杜財：（抱怨）我又不是啞巴，當然要多講幾句……

郭蕊掩嘴笑了。

陳澤：郭小姐，以後出門，自己要小心點。

郭蕊：多謝公子救命之恩。（鞠躬作揖）

杜財：欸，要報恩，就應該「以身相許」，對否？古早的故事都是這樣演的啊，美女有難、大俠相救，這是天註定的

緣分——陳澤，雖然窮，但是一表人才、武功高強……

陳澤：好了啦！杜財！我沒想過要娶老婆！

杜財：那是因為咱村內的姑娘你都看不上眼，但是這位郭家小姐，人美、家世好，是天頂掉下來的禮物……

陳澤：（喝斥）杜財！別說了！

杜財：為什麼別說？不嫁你，下次擱遇到土匪要去哪裡找人來救？

郭蕊：你……你這樣說長說短，是叫我以後怎麼嫁尪！

杜財：唉！嫁乎生理尪，暝日守空房；嫁乎青暝尪，梳妝打扮沒采工；嫁乎大箍尪，壓斷三塊眠床板，妳若不是嫁陳澤，其他人都不通！不通！

郭蕊：你！你……哼！

△ 郭蕊又羞又氣、負氣轉身離去。

陳澤：（怒）杜財！我真正會呼你氣死，人是郭府的千金大小姐！你竟然亂講話……唉！

△ 陳澤生氣，拂袖而去。

杜財：欸欸，你真的生氣了喔？開玩笑嘛……真沒有幽默感。

△ 陳澤忽然停下腳步，回頭看向郭家大宅。

陳澤：杜財……你說，鄭芝龍的船隊，真的有在徵武將嗎？

杜財：（偷笑）嘿嘿嘿……還說沒有動心？有啦，跟我來……

△ 杜財先離去。

陳澤回頭看著郭家,轉身跟上杜財,離去。

場次	38	場景	海上／兩船打鬥	時間	日
人物	陳澤、海盜們				

緊張音樂起,開始海盜海戰。

旁白:鄭芝龍被明朝招撫之後,受封「五虎游擊將軍」,他的武裝船隊,航行在中國沿海、大員、澳門、日本、甚至東南亞之間,可以說整個東亞的海上,都是鄭家船隊的天下。

打鬥片刻鄭船隊勝利,音樂轉場。

音樂、光影、場景變換,一艘貨船在海上航行。

旁白:陳澤憑藉高強的武功,替鄭家船隊立下不少功勞。但是他的心,猶原牽掛著故鄉……

場次	39	場景	郭家大院內	時間	日
人物	郭蕊				

音樂轉為琴音。

音樂建議:創作曲〈海的彼端〉音樂版。

郭蕊坐在郭家大院內撫琴,本次只播純音樂(無歌詞)。

本場景分為郭家大院的內／外景,以一棵樹或矮籬笆區隔內外空間。

琴聲優雅的流動著。

https://drive.google.com/file/d/1Xs2saTpf9E6I5xCGLUoGJ9Vd94eDikXF/view?usp=sharing(DEMO 如上)

△ 陳澤揹著包袱走進,在樹旁窺視。

△ 郭蕊忽然停下彈奏,起身。

郭蕊:奇怪,今天,我的心就是靜不下來……唉,是為什麼呢?

△ 郭蕊忽然往外走,陳澤見狀,想躲到樹後,卻已來不及,被郭蕊遇上。

郭蕊:是你……

陳澤:呃……我……我剛好經過,我……

△ 陳澤左顧右盼,慌亂地拿出海螺。

陳澤:這……是我在南洋的海邊撿到的海螺……我是聽人說,如果注意聽,這裡面會有海風的聲音,很特殊,想拿來送給妳……

△ 郭蕊看著海螺,沒有反應。

陳澤:妳不喜歡?我知道這不是什麼珍貴的禮物……我很快又要上船了,以後不會再來打擾妳……

△ 陳澤轉身離去。

郭蕊:(大聲)恩公!

△ 陳澤回頭。

△ 郭蕊走到陳澤身邊,接過海螺。

郭蕊:你要快點回來,沒你,我都不敢走山路,若是遇到土匪,怎麼辦?

陳澤:(感動)郭小姐……

郭蕊:叫我阿蕊就好。(嬌羞)你能不能答應我一個要求?以

後每到一個不同的地方，就幫我找一個海螺，當作給我的禮物，好否？

郭蕊與陳澤深情相望。

燈光變化，旁白轉場。

場次	40	場景	浪漫戀愛場（暗場，投燈）	時間	
人物	郭蕊、陳澤				

旁白：自此之後，陳澤與阿蕊過著聚少離多的日子，當陳澤隨船隊出航時，阿蕊就在窗邊彈琴、等待陳澤的歸來。阿蕊與她迷人的歌聲，是陳澤心裡最大的依靠。

燈光做特殊變化，如花瓣剪影的碎碎的光影，郭蕊與陳澤在光前，被拉出長長的影子。

主題曲：

〈海的彼端〉

詞：吳昕恩　曲：吳大勇　編曲：吳大勇（影音連結可掃 QR CODE）

思念遇見你的彼一日　你的聲音　你的長情
思戀攬著你的彼一瞬　你的笑容　你的氣味
海上的　船螺聲已經響起　孤單離開的聲音
不甘　嘛就愛放手　放你離開
但海上的　船螺聲又揭響起　攏是離開的日子
不願　嘛就愛放手
你親像一陣漂泊的風　忽來忽去　無影無蹤
我是一蕊攔枝的花　惦在你的心內　苦苦等待
心愛的　心愛的　雖然孤單完全快樂悟
因為我相信　在海的彼端一定會相會

△ 兩人散步、賞花,做出唯美動人的效果。

場次	41	場景	陳澤家中	時間	日
人物	陳澤、郭蕊、杜財				

△ 黑暗中的燈光變化,慢慢亮成正常的光線。
△ 杜財匆忙跑進。

杜財:(上氣不接下氣)不好了!不好了!代誌大條了!鄭芝龍……鄭芝龍……投降清朝了!

陳澤:(驚)什麼?

杜財:不只這樣,他投降後,清廷反而把他關起來!聽說還要將鄭家滿門抄斬,陳澤,你趕快離開,千萬不要再回去船隊!

陳澤:投降清朝!?這……你所言是真?

杜財:千真萬確!

陳澤:鄭芝龍原本就是海盜出身,將利益擺在前,全無代念國家、民族,但是……投降清朝,實在不可原諒!

杜財:現在到處都是清兵,不知道哪一天就要打來咱霞寮,我看大家還是顧好自己,找安全的地方躲起來……

陳澤:躲起來?國家興亡,匹夫有責,咱是大明國的子民,,怎可袖手旁觀?

杜財:唉,你不知道,鄭芝龍他們父子為了這件事已經翻臉,國姓爺竟然說要組軍隊,要反清復明,去打南京……這下慘了……

陳澤：我曾見過國姓爺，他氣質不凡、有學問、有膽識，尤其忠心愛國……

杜財：那都和咱沒關係，咱包袱款一款快逃啦……

陳澤：我……我想我也該挺身對抗清朝了！

杜財：欸欸欸，不是我說你，以前你一個羅漢腳，血氣方剛也就算了，現在你娶了一個水某，你不為自己想，也要為夫人想！

陳澤：這……（轉頭看郭蕊）阿蕊，妳怎麼想？

郭蕊：夫君，從我認識你，我就知道你是個不同款的男子漢，保家衛國，是你的責任！

陳澤：（感動）夫人……你這番話，說進我的心坎裡！

郭蕊：夫君……你可以留在霞寮社，保護咱庄里……

陳澤：阿蕊，我決定追隨國姓爺的船隊！

郭蕊：這……

郭蕊驚嚇，後退轉身，退到一旁。

杜財焦急勸阻。

杜財：欸，陳澤，這不是開玩笑欸，這很危險，是要戰爭的欸！戰爭是會死人欸，不通啦！

陳澤：鄭芝龍降清之後，原本的人已經四分五裂，現在國姓爺的兵力也不多，咱若是不幫忙，是要怎麼對抗滿清呢？

杜財：不過事情也沒有你想的這麼簡單……

在他們對談的過程中，郭蕊默默離去。

陳澤：杜財，難道你不打算跟我做夥拚一次？

杜財：不是啦……你功夫好，投軍可以立戰功，啊我……一搞頹頹，投軍，也是會怕出無腳手……

陳澤：我有功夫，你會煮食，戰爭也是需要有人煮食，你可以做伙頭軍，煮飯給官兵吃，怕啥？

杜財：這……我再考慮一下啦，我最怕戰爭了……咦？夫人咧？

△ 陳澤與杜財四處張望尋找郭蕊。

△ 燈暗換場。

場次	42	場景	郭蕊房中	時間	
人物	郭蕊、陳澤				

△ 郭蕊跑進房中，微微哭泣。

郭蕊：（啜泣）嗚嗚……我原本說，要夫君保家衛國，是希望夫君可以留下來，保護家鄉，沒想到……

△ 郭蕊啜泣。

郭蕊：以夫君的能力，留在霞寮，就像把大魚關在一個小水堀……若是夫君加入國姓爺的戰隊，一定可以立下功勞……但是……但是……戰火無情，在戰場上，生死難預料，叫我如何放心……

△ 陳澤進，尋找。

陳澤：夫人……夫人，妳怎麼在哭呢？

郭蕊：（欲言又止）……沒啦……

陳澤：還是，你希望我留在你的身邊？

郭蕊：（思考，下定決心）夫君……請你照著你的想法去做。阿
　　　蕊……阿蕊會在故鄉等待你……永遠，都會等待你……

兩人相擁，燈光變化。

海的彼端，配樂，淡淡的播放著。

場次	43	場景	北汕尾沙洲	時間	日
人物	陳澤、杜財				

現實場的燈區亮起，象徵回憶結束。（回到 S3 的場景）

舞台前緣架有一片灰色的沙丘景片，象徵北汕尾沙洲。

陳澤眺望著大海。

陳澤：杜財，你說的對，時間過得真快，我一直還沒給阿蕊真
　　　正的幸福……

杜財：唉，娶一個某，卡贏三個天公祖，有一個人可以思念嘛
　　　是一種幸福！不像我，占意娶沒某，一個人真無聊……

陳澤：我相信，我一定會打贏這場戰爭，讓阿蕊過著安心的日
　　　子！

杜財：你先別想太多，咱在海上漂流這麼久，總算平安進入大員，
　　　來，先休息一下，我煮碗熱湯給你……

陳澤：不行，荷蘭人想不到咱會從鹿耳門登陸北汕尾，現在，
　　　他們一定在準備反攻，真正的戰爭才剛要開始！

杜財：（悄聲）欸……我看，我還是先烙跑卡好……

杜財溜走。

陳澤左右踱步。

陳澤：接下來的對戰，必須出奇制勝！若是成功，攻下熱蘭遮城的機會就很大！……我應該怎麼做？

△ 陳澤踱步、離場。

場次	44	場景	大海	時間	
人物	拔鬼仔（佩多）、眾官兵				

△ 海上，佩多領兵乘小船而來。後跟著一艘大船。

小兵：佩多將軍，漢人的軍隊好像很多人，咱只有兩百多人，上岸作戰，情勢會不會對咱不利？

佩多：哼，別說兩百人，我看二十個就足夠！這些年來跟漢人作戰，哪一次不是拿出火槍他們就驚到劈劈挫？何況咱還安排火炮艦隊支援，你呀，放輕鬆！不一定等一下還有時間回去跟揆一總督喝咖啡呢，哈哈哈哈！

△ 小船與大船開走。

場次	45	場景	北汕尾沙洲	時間	日
人物	陳澤、眾官兵				

△ 換景成北汕尾沙洲。陳澤正登上高處、眺望遠方。

△ 報信兵跑來。

報信兵：總兵大人！總兵大人！南方海面有荷蘭船艦往咱的方向過來！聽說領頭的是荷蘭軍內最出名的將領……

△ 陳澤站在高處，背對通信兵。

陳澤：我有看到……

△ 陳澤慢慢轉身，威嚴的發號施令。

陳澤：眾官兵聽令！

官兵齊聲：是！

眾人從各處來集合。

陳澤：水兵！

水兵：在！

陳澤：將大船換做六十條小船，分作東西南北，埋伏於海面，先別打草驚蛇，待荷蘭人的戰船靠近，四方包圍，火攻，燒船！

水兵：是！

水兵離開。

陳澤：左虎尉！

穿鐵甲的左虎尉跑進。

左虎尉：在！

陳澤：你們是咱國姓爺軍中最勇猛的鐵人部隊，刀槍不入、火炮不驚，你們跟著我，在海堡這裡壓陣！

左虎尉：是！

陳澤：其他軍隊，兵分三路，其中兩路埋伏於沙洲兩邊的林投樹林後，等紅毛攻來，再兩邊包抄！另外一路，上船，先在海上等，等荷蘭兵全部上岸，你們再從後面斷他後路，來一個殺一個，來兩個殺一雙！

士兵們：是！

戰鼓開始擊鳴，氣氛緊張。

劇本五

陳澤：眾官兵！這場戰爭，準勝不准敗！

士兵們：（大聲）是！

陳澤：（大喊）宣毅前鎮總兵官陳澤在此，紅毛人，納命來！

眾人齊喊：殺——

△ 炮火聲隆隆。

場次	46	場景	陸戰	時間	日
人物	陳澤、拔鬼仔佩多、眾官兵					

△ 戰爭音樂下。
△ 佩多率官兵登岸，開槍攻擊，槍聲音效、噴煙音效。
△ 漢人士兵紛紛倒下。

佩多：哈哈哈！讓你們知道火槍的厲害！

陳澤：左虎尉鐵人部隊，出陣！

左虎尉：是！

佩多：這是……

△ 左虎尉出場，往前迎戰。

陳澤：放箭！

△ 四面八方有許多弓箭，射向拔鬼仔與荷蘭兵。
△ 荷蘭兵慘叫著。

佩多：這群漢人兵，竟然不怕火槍？沒關係，等我海上火炮船的大砲一來，就算你穿銅盔鐵甲，一樣打的碎糊糊！看招！

佩多、荷蘭兵與左虎尉鐵人部隊對戰。

燈光變化，轉場。

場次	47	場景	海戰	時間	日
人物	眾官兵				

換景成海景，火炮船準備開砲。

荷蘭兵1：火炮準備，對準北汕尾海堡，一、二、三，發射！

炮聲響。

荷蘭兵2：準確擊中北汕尾海堡！

荷蘭兵1：火炮準備，對準北汕尾海堡，咱再射一門……

幾艘小船出現，開往荷蘭火炮船，繞著大船攻擊。

荷蘭兵1：咦，怎麼有這麼多小船？

荷蘭兵2：不好！漢人放火燒船！

一支箭飛來，正好射在荷蘭1兵身上。

荷蘭兵1慘叫倒下，另一支箭飛來，射在荷蘭兵2身上，2也慘叫倒下。

船的爆炸聲響起。

場次	48	場景	陸戰（北汕尾）	時間	
人物	佩多、陳澤、眾官兵				

換景成北汕尾沙洲。

接續爆炸聲，佩多率領荷蘭兵跑出。

佩多：那是什麼聲音？海上怎有黑煙？

△ 陳澤出場。

陳澤：就是現在，三路官兵，包圍荷蘭兵，殺！

△ 四面八方有許多兵眾湧上。

佩多：可惡！真的有埋伏？

△ 雙方激烈交戰，槍聲大作、滿天弓箭飛舞，小兵紛紛中箭。
△ 遠方響起兩聲巨大的鳴炮。

荷蘭兵：佩多將軍，熱蘭遮城鳴砲兩聲，這是揆一總督要咱退兵的暗號！

佩多：不要怕、不要亂！咱還有火炮船艦的支援！

△ 傳來一聲巨大的爆炸聲，煙霧瀰漫、燈光不停閃爍。

荷蘭兵：不好了，海上的火炮船爆炸了！佩多將軍，咱投降吧！

佩多：不可能，我佩多的人生，沒有投降這兩字，我不相信我會輸給漢人，不可能！啊……

△ 拔鬼仔中箭身亡。
△ 眾官兵歡呼。
△ 杜財開心跑出。

杜財：陳澤！啊，不對，總兵大人，咱打贏了！咱打贏紅毛人了！喔耶！喔耶！

△ 眾人開心雀躍之際，燈光變化，慢慢暗場，只留一盞燈投射在陳澤身上，他反而嘆了口氣，若有所思地望向遠方。

旁白：北汕尾之戰，是鄭成功的軍隊來到台灣的頭一個勝戰，

陳澤利用特殊的戰術,除掉荷蘭第一戰將佩多,更順著勝戰的氣勢,率領鄭氏大軍,順利攻下熱蘭遮城……

熱鬧歡喜的鑼鼓音效進。

場次	49	場景	普羅民遮城(承天府內)	時間	日
人物	國姓爺、陳澤、杜財、西拉雅女人伊娜				

鑼鼓音效中,燈光再度亮起。

熱鬧的舞獅或陣頭表演約兩分鐘。

杜財、陳澤在旁觀看。

舞獅表演完畢,杜財開心地拍手。

杜財:哇!精彩精彩!好看好看!
　　　我本來以為大員應該攏是紅毛、黑鬼和番仔,沒想到跟咱故鄉差不多,連廟也有,還有熱鬧可看!

陳澤:唉,看到陣頭,不免有思鄉的心情……

杜財:你唷,堂堂一個總兵大人,怎麼像女孩子一樣,想東想西?

陳澤:咦,杜財,你今天不是應該很忙?

杜財:唉唷!差一點忘記!今天要宴請三軍,我一定要好好煮一頓卡「清操」欸,讓國姓爺知道杜財我是一個「一級棒」的廚師!不一定他還會幫我升官、加薪……

傳令兵:(威嚴拉長音)國——姓——爺——駕——到!

杜財:說人人到,我要趕快去準備啦!

杜財下場。

劇本五

△ 陳澤恭敬迎接。
△ 國姓爺走入。

　　國姓爺：陳澤！

　　陳　澤：（彎腰行禮）參見國姓爺。

△ 國姓爺立刻靠近攙扶。

　　國姓爺：請起！這次可以令荷蘭人投降、收復台灣，你，有很大的功勞。你從來不曾來過這，卻比在大員住了二十年的荷蘭人更了解台灣的地理，利用地形擺兵佈陣，還能牽制海上的火炮船，果然有膽識、有戰略！

　　陳　澤：多謝國姓爺，這都是我應該做的！

　　國姓爺：可惜……陳澤，你，不是總兵了！

　　陳　澤：（驚）蛤？

　　國姓爺：哈哈哈！我決定封你做「統領先鋒右鎮總兵官」！你現在要叫做是「陳統領」！

　　陳　澤：這……（驚喜，跪謝）多謝國姓爺！

　　國姓爺：哈哈哈哈！立了大功，你甘有什麼願望？

　　陳　澤：……我……

　　國姓爺：但說無妨！

　　陳　澤：臣……不敢說。

　　國姓爺：說！

　　陳　澤：國姓爺……今日咱在廟裡設香案，拜天謝地，祈求神明保

佑咱國泰民安，但是⋯⋯照現在的狀況，根本無法穩定軍心！

國姓爺：（猛然憤怒）這話什麼意思？

陳澤：國姓爺，請聽我說。咱的官兵，都有父母妻兒，一個人在異鄉，不免孤單思鄉。

國姓爺：哼！軍人征戰四方，此乃不得以！

陳澤：但是，若是把官兵的親人接來這裡過生活，在這裡建立自己的家園，軍心一定可以安定⋯⋯而且，把某子接過來，人丁興旺，士農工商也可發展。

國姓爺：咦，此話⋯⋯倒是有理！我們現在也很需要人手來種田、養糧草⋯⋯陳澤，你⋯⋯在故鄉，甘有親人？

陳澤：我有三個弟弟，還有一個牽手⋯⋯（嘆）唉⋯⋯我長年在外，很久沒有回去，很對不起她⋯⋯

國姓爺思考一番，往前走，宣布命令。

國姓爺：三軍，聽令！

眾人：是！

國姓爺：（激昂、大聲宣布）本王下令：「搬眷、圈田」！派船把眾官兵在家鄉的親人攏接來大員，再把荷蘭人的官田，分配給你們，大家共同在這建立反清復明的家園！

眾人歡呼。

陳澤：（感動）國姓爺⋯⋯多謝！多謝你！

國姓爺：哈哈哈哈，今日的宴席，是要感謝三軍作戰的辛苦，各位弟兄，大家盡量吃、盡量喝！

△ 眾人歡呼。

國姓爺：陳統領，你陪三軍好好慶祝慶祝。我先回府。

陳澤：國姓爺，你不要做伙吃嗎？

國姓爺：唉，最近實在沒什麼胃口，在這吃的不習慣……

陳澤：我有一位同鄉，在營裡做伙頭軍，他的手藝不錯，我請他為國姓爺準備一些好菜，好嗎？

國姓爺：唉，免啦，我也吃不下。

△ 國姓爺離去，陳澤看著他，若有所思。

場次	50	場景	野外	時間	
人物	陳澤、杜財、西拉雅女人伊娜				

△ 輕鬆可愛的音樂進。

△ 杜財拿著釣竿釣魚，伊娜在旁邊看。

杜財：（語氣誇張）唉呀，釣魚真困難，我真的不會，這要怎麼釣咧……

伊娜：來啦，我教你！

△ 伊娜走到杜財旁，幫他扶著釣竿。

△ 杜財開心到發抖。

杜財：（語氣興奮）活到這麼大歲數，第一次有女孩子靠我這麼近，唉唷，實在是卯死了！

伊娜：你說什麼？什麼是卯死了？

杜財：欸……沒啦，伊娜，你是哪裡人？

伊娜：我家世代都住在麻豆社，幾年前有個荷蘭官來我們社裡做紀錄，說我煮的東西很好吃，就把我帶到普羅民遮城做事……

杜財：原來是這樣，你們這裡有什麼好吃的，可否跟我說？

伊娜：嗯……（思考）我社裡的人喜歡用鹽醃魚，再用日頭曬一天、用火烤，就很好吃，還有用甘蔗做糖、做酒……

杜財：那你最愛吃什麼？

伊娜：我？我最喜歡吃鹿肉，尤其是鹿仔的腸子，生吃最好吃……

杜財嚇得跳起來。躲到離伊娜遠遠的地方。

杜財：啥米？生吃……鹿仔的腸子？這……

伊娜：這真好吃，我下次準備給你吃！

杜財：（發抖）免……免了……

陳澤進。

陳澤：杜財！原來你在這！

杜財：陳澤，你找我？

杜財趕緊與伊娜靠在一起、守著釣竿。

陳澤：你們在做什麼？

伊娜：他說他不會釣魚，叫我教他釣魚……

陳澤：欸，杜財，你在賣寮不是每天都去溪邊釣魚？

杜財：（緊張）噓！噓！你佃佃啦……你有什麼代誌啦？

陳澤：代誌真嚴重！國姓爺太過操煩，忽然間破病倒在床上，什麼都吃不下，你快點想辦法！

△ 伊娜的釣桿動了起來。

伊娜：有魚來了！快幫忙……

△ 杜財連忙幫伊娜一起拉釣桿。

△ 杜財與伊娜和釣竿拉扯一陣，終於拉起一尾魚！

△ 兩人同心協力的拉起大魚，開心地跳起來。

杜財、伊娜：釣到了──釣到了──

△ 搞笑的浪漫配樂如「Only you」，營造幸福的氣氛。

△ 陳澤接過魚，杜財與伊娜開心的手拉著手旋轉、轉了一圈又一圈。

陳澤：（冷聲）……咳咳，是要轉多久？

△ 音樂猛然停止。

△ 杜財、伊娜猛然害羞分開。

杜財：（故作鎮定）欸……咱趕快用剛剛抓到的這隻肥滋滋的大魚，來為國姓爺煮一頓好吃的！

△ 眾人開心離場。

場次	51	場景	國姓爺房內	時間	
人物	陳澤、陳永華、國姓爺				

△ 舞台區燈亮。

△ 國姓爺臥病在床。

一侍衛進。

侍衛：啟稟國姓爺，統領大人陳澤求見。

國姓爺：（虛弱）……請他進來。

侍衛：是。

侍衛退下，陳澤與杜財、伊娜進。

國姓爺：這是什麼香味，怎麼這麼香？

陳澤：國姓爺，這就是我跟你說過的廚師，杜財，他準備了一道五柳魚羹，你試試看，甘好？

國姓爺：我……我實在沒胃口……

杜財：國姓爺……我拜託你，試一口看看！一口就好……

國姓爺嘆口氣起身，吃了一口。

國姓爺：咦？這羹……酸迷呀酸迷，又擱甜甜的，真特別……這魚也好吃！這是什麼魚？

杜財：……什麼魚……我也不知道，這是伊娜……這個西拉雅女孩，她教我抓的……

國姓爺：伊娜？這是什麼魚？

伊娜：稟告國姓爺，這是「麻虱目」，是咱大員在地的魚……

國姓爺：麻虱目？虱目魚？哈哈哈！真好吃！虱目魚、我吃得下！

見國姓爺開心，眾人跟著開心大笑。

國姓爺繼續吃著，大家開心的在旁陪伴。

口白：可惜，國姓爺的身體並沒有好起來，過沒多久，他就離開人間，留下百姓對他的思念……也在此時，官兵的親人，總算坐著船，從海的彼端，渡過黑水溝來到台灣……

△ 悲傷的音樂，象徵國姓爺離去的思念。

場次	52	場景	海邊	時間	
人物	陳澤、郭蕊、杜財				

△ 換景成海岸的景色，一艘船緩緩駛近，靠岸，陸續有人下船，郭蕊也跟著走下，左顧右盼。

△ 陳澤在舞台的另一邊等待。

郭蕊：這裡……就是台灣（大員）？

△ 陳澤見到郭蕊，快步奔來。

陳澤：阿蕊！

郭蕊：（驚喜）夫君！夫君……（感動哭泣）

△ 兩人相擁。

△ 杜財、伊娜走來。

杜財：欸欸欸！甘有墨鏡？借我掛一下，你們這樣「（國）放閃光」我凍為條！

△ 郭蕊、陳澤害羞分開。

郭蕊：杜財，真久沒見，你看起來，精神很好！

杜財：哈哈哈，憑你的福氣啦！不過……統領大人、夫人，我是來跟你們告辭的。

陳澤：告辭？為什麼？

杜財：唉……自從國姓爺過身，時局就變得很複雜，你看，現在國姓爺他家的人都在爭權力，兒子、叔叔吵得那麼難看，我看……還是快離開卡好！你要不要一起走？

陳澤：我絕對不會離開！現在局勢不穩，我更要盡我的能力幫助鄭家再團結起來……

杜財：唉，你是統領先鋒官，我是伙頭軍，本來就不能比，我身體歹又兼沒膽，留在這裡也不知要做啥，還是出去拚看看……

陳澤：但是，出去……你打算做什麼？

杜財看看伊娜。

杜財：我……伊……伊娜在天公廟旁問到一個好的攤位……

郭蕊：哇，這個女孩子眼睛真大，真水，杜財，你眼光真好！

杜財：（害羞）沒啦！我……

陳澤：哈哈！杜財，我認識你幾十年，第一次看你會歹勢！

杜財：唉唷，你賣擱甲我虧，我……我……我想要，和伊娜一起擺攤，賣虱目魚羹……

陳澤：等你開店，我再去給你捧場！咱永遠是好朋友！

杜財感動，深深向陳澤鞠躬。

伊娜也跟著鞠躬。

兩人離去。陳澤與阿蕊看著他們走遠。

陳澤：阿蕊，來，我帶你從這裡散步回去，咱有很多話，可以慢慢走，慢慢說……

場次	53	場景	散步—布景慢慢移動	時間	日
人物	陳澤、郭蕊				

△ 陳澤與郭蕊邊走，布景慢慢移動。

△ 背景音樂是無人聲的〈海的彼端〉。

陳澤：經過這麼多年……咱總算是可以安定下來了。

郭蕊：真的嗎？現在的時局，甘真正可以安定？

陳澤：唉……其實，杜財剛剛說的，也我在煩惱的。對國姓爺，我忠心不二，但是國姓爺離開後……現在鄭家裡面的狀況，真的非常複雜。夫人，你怎麼想？

郭蕊：夫君，我是一個查某人，不應多說。

陳澤：你是我的牽手，咱兩人的命運是牽做伙，你說吧。

郭蕊：……這麼多年來，夫君都在戰爭，雖然建立許多戰功，但是，從來不曾停下來，喘一口氣……

陳澤：是呀。我都快忘記，什麼是沒有戰爭的生活了。

郭蕊：其實……現在需要你的，不是有權有勢的鄭家，反而是沒田沒園的普通老百姓。要如何讓官兵兄弟建立家園？如何改善人民的生活？我覺得這更加重要……

陳澤：（思考）嗯……人說，家家事，國事，天下事。你雖然是查某人，卻真有見識！我知道要怎麼做了！

場次	54	場景	田園景—鹽田、稻田	時間	日
人物	陳澤、陳永華				

換景,稻田綠油油、鹽田白白尖尖,風景優美。

輕快的農村曲音樂。

農民種田,互相寒暄。

旁白:陳澤聽了夫人的話,並沒有捲入鄭家的家族鬥爭,他選擇帶兵駐守在大港,過著平靜的生活。有空的時候,他也會幫助參軍陳永華,做伙建設台南,教人民種田種菜、曬鹽製鹽,讓府城在接下來的十幾冬,經濟發展愈來愈好。

陳永華與陳澤散步走過。

一群小雞跑過。一個農民在後追著。

農人:雞仔,別跑——欸,大人,敖早!吃飽沒?
　　　拍謝,沒時間跟你們講話了,我先去追雞仔——

陳澤與陳永華大笑著看農人跑走。

陳澤:陳參軍,你實在真敖(厲害),府城已經跟咱剛來時不同款了!

陳永華:統領大人,沒你的幫忙,怎麼會有今天?

陳澤:別叫我統領,我不帶兵作戰已經很多年了!

陳永華:雖然如此,你自律嚴格,每天依舊操練軍隊,沒有一天休息,像你這種勇猛又有責任的統領,實在是不多見。

陳澤:您過獎了!訓練軍隊是我應該做的,我的年紀大了,接下來,也準備把帶兵的責任,轉給年輕一輩的將領了!

陳永華:但是……唉……將軍,時局就像海浪,什麼時候會起

風?那陣浪要把你推向叨位?這⋯⋯攏都不是咱能控制的⋯⋯

陳澤:參軍,此話怎說?甘可說的更清楚?

陳永華:⋯⋯這⋯⋯希望是我多想了。

△ 燈光暗場,懸疑緊張的音效進。

場次	55	場景	陳澤房內	時間	夜
人物	陳澤、郭蕊				

△ 懸疑的音樂中,出現嬰兒的啼哭聲,由小漸大,愈來愈大聲。
△ 燈漸亮,郭蕊躺在床上睡覺,翻來覆去,感覺很不安穩。

嬰兒:哇——哇——哇——

△ 郭蕊驚醒坐起。

郭蕊:囝仔!我的囝仔!媽媽在這裡!媽媽⋯⋯

△ 郭蕊看看四周,舉起雙手,空蕩蕩的。
△ 陳澤進。

陳澤:夫人,你又做眠夢了!

郭蕊:我⋯⋯

△ 郭蕊啜泣。

郭蕊:我對不起你⋯⋯連一個孩子⋯⋯都沒有留住⋯⋯

陳澤:(微怒)夫人!你再說這種話,我就要生氣了!

△ 郭蕊壓抑著止住哭泣,陳澤擁住她。

海的彼邊的配樂小聲襯底。

陳澤：我在府城起的大厝差不多完工了，以後，咱陳家兄弟可以做夥生活、互相照顧，你放心，弟弟的孩子，也會對咱友孝，這樣就夠了。生活很簡單，咱陳家人，不想官位、免去跟人爭名奪利，只要過著安穩的生活，就是最大的幸福。

兩人靜靜依偎。

場次	56	場景	承天府內	時間	日
人物	鄭經、陳永華

音樂忽然轉變為緊張的配樂。

鄭經：什麼？就連四川巡撫、廣西將軍、襄陽總兵，都起兵幫助吳三桂？這個平西王吳三桂真厲害，起兵不過短短一年，從貴州、雲南到廣州，已經都打下基礎，如此一來……陳參軍，咱也準備該出兵了！

陳永華：起稟大王，咱是不是應該再考慮，作卡周全的準備……

鄭經：哼！不需要！耿精忠邀請我出兵，他提供戰船，我負責兵馬，我，已經答應了！

陳永華：不過……現此時東寧王朝國泰民安，若貿然出兵，怕會對人民、經濟造成影響。

鄭經：此乃我們再攻回中原的大好機會，難道你想要永遠顧守在這個小島上？

陳永華：……咱的軍隊久未作戰，經驗不足，若要對抗清朝精兵，怕實力仍有差距……

鄭經：久未作戰，那就開始演練準備，經驗不足，那就找有經驗的將領，這，有什麼困難？我心意已定，你，做出兵的準備罷！

△ 鄭經拂袖而去。

△ 緊張的配樂繼續。

場次	57	場景	陳澤府內	時間	
人物	陳澤、陳永華				

△ 陳澤、陳永華，坐在府內。

陳永華：東寧王的決定就是如此⋯⋯
統領大人，接下來就要拜託你了⋯⋯

陳澤：但是⋯⋯如參軍你所說的，這幾年我固守大港，很久沒有作戰⋯⋯而且，年歲已高，實在能力不足⋯⋯

陳永華：統領大人，我說一句坦白話。在鄭軍之中，沒人比你更適合帶兵出征。十多年前，若是沒有你的北汕尾之戰，今日咱可能就沒辦法站在這裡！論經驗、論戰功，你都是頭一個人選！而且，軍隊內有老將壓陣，也能穩定軍心⋯⋯

△ 郭蕊前來。

郭蕊：陳參軍，晚餐準備好了，請來一起用餐。

陳永華：多謝夫人。免客氣，我還有事，先告辭。

△ 陳永華起身離去。走了幾步再一次回頭叮嚀。

陳永華：關於剛剛說的⋯⋯再請統領大人好好考慮！

陳澤與夫人目送陳永華離去。

陳澤：夫人，參軍所提的，你甘有聽到？

郭蕊低頭不語。

陳澤：你……甘是……不願意我離開？

郭蕊：國家大事跟我的意見相比，阿蕊實在是微不足道。
　　　夫君，你的心內，是怎麼想的呢？

陳澤：我……

陳澤來回踱步。

〈海的彼邊〉音樂起。

陳澤：我好像……又感覺到三十年前，聽到鄭芝龍投降清朝時的
　　　那種心情……彼時，是生氣、怨嘆、氣憤難消，但現在，
　　　卻好像有一絲期待和希望……

郭蕊：你的心裡，甘是擱記著當初反清復明的理想？

陳澤：阿蕊，你真是我的知己！

郭蕊：從我第一天遇到你，我就知道，你跟別人不一樣。男兒
　　　志在四方，國家需要你，這是我們陳家的光榮。這次和
　　　三藩聯手對抗清朝，不一定真的可以完成復興大明的願
　　　望！只是，你現在站久了都會暈，精神大不如前……我實
　　　在煩惱你的身體，是否堪的住？

陳澤：唉，我也擔心，以我的年歲，是不是還適合帶兵作戰？

郭蕊：……答應我，要好好照顧自己的身體，好否？
　　　不論多久……阿蕊……阿蕊攏會一直在這裡，等待你……

兩人相擁，燈暗。在〈海的彼邊〉歌曲聲中轉場。

場次	58	場景	港邊	時間	
人物	陳澤、陳永華				

△　船隻的號角響起（船鑼聲）。

△　燈漸亮，港邊停泊著大船，士兵正登上大船，準備出征。

△　陳澤與阿蕊出，阿蕊停步。

　　阿蕊：夫君，我就送你到這裡。

　　陳澤：夫人，這次，你沒流眼淚，我的心，就不會那麼不捨。

　　阿蕊：你放心，我會用笑容，送你出航，等你成功回來……

△　陳澤靜靜的看著阿蕊一兩秒，才轉身上船。

△　陳澤登上船的最高處。

　　陳澤：（喊）三軍聽令，準備出航，開往廈門，征討清軍！

　　兵眾：（喊）是！

△　船的號角（船鑼）聲再度響起，並且連續響著。

△　船緩緩地駛離。

△　阿蕊舉起手，輕輕揮舞。
　　〈思慕的人〉音樂進。

　　我心內思慕的人　你怎樣離開　阮的身邊
　　叫我為著你　瞑日心稀微　深深思慕你
　　心愛的　緊返來　緊返來阮身邊
　　有看見思慕的人　恬在阮夢中　難分難離　引我對著汝　更加心綿
　　綿　茫茫過日子　心愛的　緊返來　緊返來阮身邊
　　好親像思慕的人　優美的歌聲　擾亂阮耳　當我想著你　溫柔好情
　　意　聲聲叫著你　心愛的　緊返來　緊返來阮身邊

燈光變化，全黑，只剩投射燈打在阿蕊身上。

歌聲中，阿蕊靜靜地拿出年輕時陳澤給她的海螺項鍊。

投影幕可能投射出陳澤與郭蕊年輕時的回憶畫面。

燈漸暗。

投影幕播放字幕：陳澤離開後，再也沒有回到台灣。
同年，病逝於廈門，享年五十七歲。
康熙二十二年（西元 1683 年）澎湖海戰，東寧大敗，降於清朝，次年，台灣正式納入清朝版圖。
當時，所有明朝官兵眷屬一律遣返，但陳澤的在天之靈，庇蔭了陳家的後代子孫。因為陳澤離去後，陳家並無擔任明朝官職，故於清朝接管後，霞寮陳氏仍得以居於陳澤府邸，後代子孫更從府城台南開枝散葉到全台灣，德聚、不衰……

（劇終）

送客／謝幕歌曲：〈海的彼邊〉

| 2021 年傑出表演藝術團隊　【古都木偶劇團】年度大戲

【劇本六】
戲說 海尾宋江陣

演出地點：台江文化中心

「沒看過海尾斧，也要聽過海尾鼓」，「海尾宋江陣」有超過百年的歷史，這個武陣的故事，要從「海尾開拓史」說起……

「海尾」位在「台江內海之尾」，數百年前吳姓先祖移居開墾、地方耆老吳營等人用心經營，讓貧脊的「海尾寮」慢慢成為人口繁盛的宜居之地，卻也成為海賊覬覦的目標……

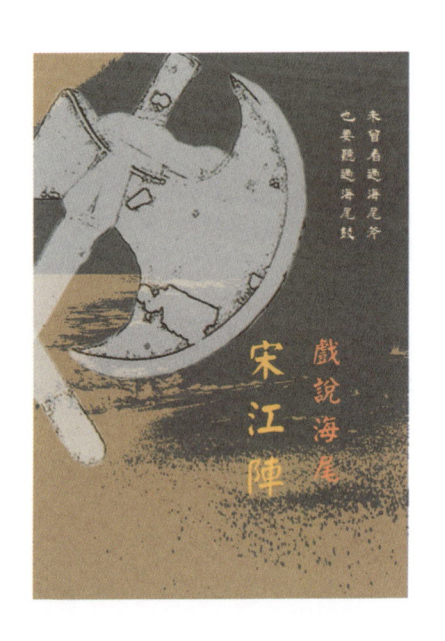

　　吳營的兒子春吉欲與鄰家女孩阿菅成家立業，「海翁寮」的海賊卻看上海尾的錢財與阿菅的美貌，「放紅帖」，打算來

公演介紹短片

搶錢搶人，吳營奮勇抵抗，不幸喪生，春吉在「海尾大道公」的指示下，決定組織武陣保衛鄉里，有了「海尾宋江陣」的守護，海尾寮總算恢復平靜的生活。

此後，「海尾宋江陣」成為「海尾大道公」的駕前護衛武陣，「海尾宋江陣」也從保衛家園的目的，慢慢演變為匯集歷史、武術、藝術的地方特色陣頭，傳承至今……

⊠ 故事大綱

兩百多年前，一艘小漁船，從將軍鄉順著海岸線南下捕魚，穿過沙洲潟湖、渡過台江內海，沿著水域來到曾文溪交界處的陸地……

「這裡是這片內海的尾，過後就是陸地，就叫這裡『海尾』吧！」

這艘船上的漁民姓吳，登上陸地後，發現這塊「海尾之地」荒涼無人居，但附近漁獲豐富，也有海埔新生陸地可供種植，比起「將軍」來說，更容易討生活，遂決定返回將軍收拾家當，帶著親人、同鄉一起南下到「海尾」，展開拓墾新生活。

年輕男孩春吉講述這些故事給女孩阿萱（kuann，ㄍㄨㄚ）聽，引發阿萱濃濃的興趣，追問著春吉，要他告訴她更多本地的發展史，春吉將阿公、阿祖開墾的故事娓娓道來，也趁機向阿萱述說自己的心意：「咱海尾現在也算是一個大庄頭了！我也想要趕緊成家、立業……」小倆口的情感盡在不言中……

但這一切，被躲在一旁的「海翁寨」海賊赤鱙仔、虱目仔聽到，赤鱙仔聽故事聽得入迷，而虱目仔則是被阿萱的美貌所吸引，兩人

認為海尾庄應該又有錢、又多美女，趕緊回「海翁寨」稟告「海大王」。海大王一聽，很有興趣，立刻派赤嘴仔、虱目仔去海尾庄「送帖子」。

收到帖子，海尾寮庄民非常緊張，地方長輩認為人命比錢財重要，主張乖乖把值錢的東西交到村外，別與海賊衝突。春吉不贊同，他想到曾聽將軍的宗親說附近庄有武館，武藝高強，便划船前去討救兵，但，武師有所顧慮，並未答應春吉……

此時，「海翁寨」的海賊來到海尾寮，把村民準備的錢財搶奪一空，還嫌不夠，要「搶人」，村長吳營為了解救阿萱，奮勇抵抗，不敵海賊，命喪黃泉，村裡的報馬仔阿狗也倒戈投向海賊陣營……

春吉隻身回到海尾，聽聞父親的噩耗，悲憤難抑，他知道庄裡不是漁夫就是農民，無力打贏海賊，但不報仇卻難消心頭憾恨，便衝動划船隻身前往海賊窟尋仇，好在被阿萱勸住，危急時刻，神明化身「斗笠老翁」給予指點，告訴春吉：「組織武陣，保衛家園，才能長治久安……」

一語驚醒夢中人！春吉重新拜託武師前來海尾教授武藝，以古代「梁山泊一百零八條好漢」的「宋江陣法」為原型，加上「藤甲兵」的兵器、戰術，號召海尾寮壯丁，苦練成「海尾宋江陣」。

一段時日後，海大王準備了強大的火力打算暗中搶錢搶人，貪生怕死的阿狗，卻選擇回到海尾通風報信，畢竟這裡是他魂牽夢縈的故鄉。春吉原本不想原諒也不願相信阿狗，但阿萱一番話，解開春吉心裏的結。這次，海尾寮預先準備，以「海尾宋江陣」的「八卦陣法」，反擊作惡多端的海賊，大破「海翁寨」！海大王落入春吉手中，就在手起刀落之際，「大道公」顯靈，告訴海大王「這就是被你殺的人的感覺」，海大王痛徹前非，此舉也讓春吉悟出「武術是救人、不是殺人」的道理，決定讓海大王有機會改過自新，並將「宋江陣」傳授給更多附近村莊，從根本斷絕海賊劫掠的惡習。

尾寮的庄民每天農忙結束後,就到「暗館」練武,一直到夜深,都能聽到海尾寮的宋江鼓聲以及兵器練習聲響,「沒看過海尾斧,也要聽過海尾鼓」這句話成為耳熟能詳的俗諺。

「海尾宋江陣」聲名大噪後,再也沒有盜賊敢襲擊海尾寮。「海尾宋江陣」慢慢轉型成為「海尾大道公」的駕前護衛武陣,每次神明出巡,必隨之護衛,「海尾宋江陣」也從保衛家園的目的,慢慢演變為匯集歷史、武術、藝術的地方特色陣頭,傳承至今已超過百年……

☒ 角色暫定（依出場順序）

戲偶

01. 划船漁夫：吳姓祖先兩位,兩百餘年（1830左右）自將軍搭船前來,發現「海尾」。

02. 村長伯（吳營）：將軍鄉移民第二代。德高望重,大家都叫他村長伯,深知創立庄社不易,期許海尾永續發展、以和為貴。

03. 吳春吉：吳營的兒子,常聽父親講述地方歷史,有理想抱負的青年。

04. 阿菅：阿土伯的女兒,海尾地方美少女,與春吉互有情愫。

05. 阿土伯：阿菅的父親,純樸的海尾庄民。

06. 阿狗：丑角,海尾庄裡的報馬仔,對大小事都瞭若指掌、膽小怕事。

07. 海大王：盜賊集團「海翁寨」之首領。

08. 赤瞎仔：丑角,盜賊集團「海翁寨」之小弟。

09. 虱目仔：丑角，盜賊集團「海翁寨」之小弟。

10. 武師──阿籃師：將軍附近庄頭人士，也是海尾宋江陣的首代武師。

11. 武師──阿士師：唐山過台灣，於西濱漁村定居，也是海尾宋江陣的首代武師。

12. 斗笠老翁：乘小舟四處釣魚的漁人，神明的化身。

13. 神─海尾大道公：意指大道公，但不需一定要是大道公的樣貌，只要是「神」的形象即可。地方信仰中心，護佑萬民。

14. 村民（一批）：視實際場次需要，與操偶師與偶的數量再定。

15. 盜賊（一批）：視實際場次需要，與操偶師與偶的數量再定。

16. 宋江陣團員（一批）：視實際場次需要，與操偶師與偶的數量再定。

真人宋江陣：建議由海尾宋江陣團員演繹宋江陣的真實技巧

01. 雙斧。

02. 頭旗。

03. 棍。

04. 藤甲盾、刀。

05. 雙劍……等。

06. （1-4 為必須，其他兵器可視實際狀況調整）

純劇本長度目前約 80 分，加上轉換場時間，全劇約 90 分，中場休息十分鐘。（暫定）

☒ 對白劇本

02:05 場次	59	場景	大海（風雲變色）	時間	3m
出場人物	×				

投影：海景

戲台：以許多藍色絲帶甩動、飄盪，象徵大海。

口白：天蒼蒼；地茫茫，滄海桑田起大風，
　　　海鳥飛、海湧吼、台江內海波浪濤……

投影：風平浪靜、美麗大海。

音效：是合開場、滄茫、有力的音樂。

口白：兩百冬前，台江，猶原是一片茫茫大海。
　　　這片內海，風平浪靜，漁蝦豐足，很多討海人攏會來到
　　　這個所在……

投影／燈光：閃電效果。

音效：打雷、大雨。

口白：但是，天有不測風雲，1823 年 7 月，一個大風颱直直對
　　　台灣衝來，山區受到風雨侵害，發生崩山，土石沿曾文
　　　溪水頭（上游）沖刷而出，流向西部大海……

投影：古書內文（泛黃的書頁圖片，內貼文字，文字內容如下）
「姚瑩《東槎紀略》：道光三年七月，台灣大風雨，鹿耳門內，海
沙驟長，變為陸地。海道變遷，鹿耳門內形勢大異。十月以後，北
自嘉義之曾文、南至郡城之小北門外四十餘里，東自洲仔尾海岸、
西至鹿耳門內十五、六里，瀰漫浩瀚之區，忽已水涸沙高，變為陸
埔……」

口白：1823 年，是清朝道光 3 年，海防同知姚瑩記錄到當時的情形，伊說：「風颱以後，鹿耳門內的大海遂變做土地。北到曾文、南至府城小北門，東自洲仔尾、西至鹿耳門，原本攏是台江內海，一夜之間，風雲變色」，大海，消失了……

△ 聲光效果：閃電、海浪、風雲變色。

△ 音效：打雷、大雨、恐怖風聲。

場次	60	場景	風和日麗的海邊＋有長草（菅芒花類）的陸地景片	時間	4m
出場人物	阿爸、兒子					

△ 音效：輕鬆愉快、有海邊感覺的音樂。

△ 投影：風和日麗的海景。

△ 一艘小舟駛入。

△ 舟上有一對父子，兒子划船、父親釣魚。

兒子：阿爸，頭前就是曾文溪出海口，咱欲往叨一個方向行？

阿爸：嗯……咱就左彎，行曾文溪的水路吧！

兒子：好！

△ 小漁船繼續航行片刻。

阿爸：（感慨）唉……「海翁窟」改變有夠大，幾冬前順著「海翁線」那些沙洲進來，攔是歸（整）片的大海，現在，遂變做陸地，草生甲比人卡高……
會發生這種代誌，實在無人想的到……

兒子：阿爸，你過去嘛有來這討海？

阿爸：當然囉，咱吳家祖先都有教阮來「海翁窟」，這裡無風無浪、魚仔肥又好抓！只是……

道具：有芒草（菅芒花類的植物）的陸地景片慢慢浮出。

小船停在陸地前。

阿爸：只是，現在海沒去（不見），可以抓魚的所在嘛變少了……

兒子：咱甘可以下來行行？

阿爸：好啊！

兩人下船，散步。

兒子：阿爸，「海」變做「土地」，這些土地、要算誰的？

阿爸：應該是……沒人的吧？

兒子：阿爸，你想，咱將軍那裏人那麼多，好的土地都被佔光光，想要起大厝還要去買地，土地貴鬆鬆……你行這，有魚通抓，土地又沒人要，咱歸去（乾脆）搬來這裡，把土地佔起來，叫姓吳的兄弟姊妹攏過來開墾……

阿爸：（大聲）啥？你說啥？

兒子：（驚）……我……我甘有說不對？沒啦，當我沒說……

阿爸：（大聲）憨囝仔！看不出你頭腦擱真巧！

兒子：（疑惑）……阿……阿爸，啊你這聲是在罵我嘸？還是講我巧？

阿爸：（罵、敲頭）憨囝仔！按捏嘛聽不出來？當然是說你巧啊！

　　　　　這實在是一個好辦法，這裡有魚抓就不會餓死，若是擱
　　　　　會當（可以）圍土地做塩仔、種些番薯，生活一定袂歹
　　　　　過！

兒子：毋過……阿爸，這裡……算是叨位啊？

阿爸：這裡……本來是海，現在變做海的尚尾仔……就叫這裡「海
　　　尾」吧！

兒子：「海尾」？這個名真好聽！

阿爸：來！咱現在就回去將軍，向咱吳家祖先報告這個好消
　　　息……順勢去招厝邊楊仔、蘇仔、謝先生，看他們甘欲做
　　　伙來……

△　兩人上船，划船離去。

△　音效：輕鬆愉快、有海邊感覺的音樂。

場次	61	場景	夕陽、曾文溪畔	時間	3m
出場人物	阿菅、春吉

△　投影：夕陽美景。

△　聲音先出，隱約看到兩隻偶並肩看風景。

阿菅：原來，咱「海尾」的名，是這樣來的？我覺得這個名很
　　　好聽！
　　　……海，就在咱的面頭前……這，就是海的尚尾仔……

春吉：（低聲）可以甲你作伙看海湧，實在真快樂。

阿菅：（轉身看春吉）蛤？你剛剛說啥？我沒聽到？

燈亮：春吉、阿菅兩位年輕男女，看著海景。

春吉：（緊張害羞、往旁走）沒啦！沒啦！

春吉指向觀眾席的方向。

春吉：（轉移話題）現在，咱有這呢闊的田園、魚塭仔，怎會想的到七八十冬以前，這擱是一片大海？

阿菅：真正不可思議……春吉，你是安怎知影這個故事？

春吉：這是阿公講給我聽的，伊跟阿祖來這的時候，才沒幾歲……剛來的日子毋蓋好過，好家在後壁愈來愈多人搬進來，圍塭仔、起田園，連府城吳樣舍的會社都過來開發，咱海尾才愈來愈發達！

阿菅：吳樣舍的會社？……我甘那嘛有聽廟內的講古先生講過！

春吉：講到公廟，咱「海尾大道公」的故事嘛就精采！

阿菅：我想欲聽！講給我聽好不好？

春吉：來，咱邊行邊講……

兩人並肩散步、慢慢離場。

後面兩個鬼鬼祟祟的傢伙跟上。

場次	62	場景	續上場	時間	3m
出場人物	赤嘴仔、虱目仔				

赤嘴仔走在前面，一直跟著他們離去的方向走。

虱目仔則在他後面小聲叫喚。

虱目仔：（小聲）赤嘴仔！……赤嘴仔！

赤嘴仔沒聽到，仍依附鬼鬼祟祟、探頭探腦的樣子。

△　虱目仔衝過去從他頭後面敲下去。

　　虱目仔：赤嘴仔！

　　赤嘴仔：（摸頭、痛喊）衝啥啦？很痛欸！

　　虱目仔：口水擦擦欸啦！攏流到土腳了！

　　赤嘴仔：哪有啦……

　　虱目仔：看小姐看到流口水，你嘛卡差不多欸！

　　赤嘴仔：沒啦，我……我是「（國）探查敵情」，「探」甲太認真，嘴才開開……

　　虱目仔：黑白講！當作我好騙？我問你，剛剛他們講什麼？講叨一庄的代誌？

　　赤嘴仔：這……

△　虱目仔又敲赤嘴仔的頭。

　　虱目仔：連這也毋知？「海尾庄」啦！

　　赤嘴仔：是喔……

　　虱目仔：（盤算）……這「海尾庄」，聽起來有田、有園、有塭仔，人嘛袂少，應該是很好野！我看，咱緊去跟「海大王」報告這個好消息……

　　赤嘴仔：（開心）好喔好喔！

△　走沒幾步，赤嘴仔叫住虱目仔。

　　赤嘴仔：欸……虱目仔，等一下你甘可以幫我跟海大王說……我還沒娶某，剛剛那個海尾庄的女孩子……我想……

虱目仔又敲赤嘴仔的頭。

虱目仔：（兇、打罵）就說你在看小姐，擱毋承認？誰管你有娶某否？整天想一些543……

赤嘴仔：（逃）揪痛、揪痛欸啦——

△ 兩人打打鬧鬧離場。

場次	63	場景	海翁寨	時間	3m
出場人物	海大王、小兵Ａ／Ｂ、赤嘴仔、虱目仔				

投影：堆滿金銀珠寶的海賊巢穴。

海大王：橫行海口展威風，曾文溪口我尚雄（狠）
　　　　呼風喚雨掌台江，溪南溪北我稱王！
　　　　吾乃無人不知、無人不曉，海翁寨、海大王！

△ 小兵前來，端著盤子。

小兵Ａ：啟稟大王，晚餐準備好了！

小兵Ｂ：今仔日吃龍蝦，配尚好的阿里山茶……

小兵Ａ：人說……內山出好茶、海口出龍蝦，閒閒無事做，虱母頭殼爬！

海大王打小兵。

海大王：就是有你們兩個飯桶！
　　　　傳什麼龍蝦？害我閒甲無代誌，虱母頭殼爬！恁講，咱多久沒出去了？關好幾個月了！

小兵Ａ：最近時機卡歹，大家攏沒錢……

小兵Ｂ：聽說外面有很嚴重的傳染病，大家攏「（國）居家隔

離」,「(國)防疫期間」齁,還是覕(躲)在這卡安全……

△ 海大王又打小兵。

海大王：擱覕？是免呷飯喔？養一堆飯桶,一天吃我好幾斗米……

小兵A：大王,免煩惱,下個月就要分五倍券了！每個人攏有喔！

海大王：恁攏繼續「(國)宅」在我的海翁寨,五倍券我就全部攏收起來！

小兵A、B：(哀號)麥啦——

△ 虱目仔、赤嘴仔喊聲。

虱目仔：(喊)報告大王！好消息！好消息！

海大王：誰人來報？

△ 虱目仔、赤嘴仔跑到大王面前、打躬作揖。

海大王：嗯？虱目仔、赤嘴仔,我派恁兩個出去調查,已經歸落工(好幾天),甘有找到目標？

虱目仔：有喏！起稟大王,阮發現,雖然溪北的庄頭都給我們搶甲差不多,但是溪南有一個「海尾庄」,有田有園有塭仔,就好野！

海大王：有這款代誌？

赤嘴仔：而且「海尾庄」的女孩子,生的有夠水,我揪甲意……

△ 虱目仔又敲赤嘴仔的頭。

虱目仔：大王是要搶錢，毋是要搶女孩子！

海大王：嘿嘿嘿嘿嘿……錢是一定要搶，但是，若是有水姑娘仔，作伙搶回來也是袂壞……

赤嘴仔：就是講咩！大王英明！

海大王：哈哈哈哈哈……（喊）來人啊！送帖子去「海尾庄」！

眾人：是！

燈漸暗。

場次	64	場景	田園	時間	5m
出場人物	村長伯（吳營）、春吉、阿狗叔				

音效：輕快的配樂，如〈四季紅〉。

燈亮，村長伯正在種田。春吉在幫忙。

村長：春吉仔，你也袂細漢了，甘有想要成家？

春吉：這……我……

村長：在你這個年歲，阿爸攏生仔啊！我是想說，去幫你講親戚……

春吉：（急）免啦！我……我自己有打算！

村長：唉！你擱這樣拖下去，我是安怎抱孫？娶某這種小代誌，交予阿爸去幫你處理，阿爸已經找到一個袂壞的女孩子……

春吉：（急）阿爸！免啦，我……我自己心內有數！

村長：蛤？你心內已經有對象？……唉……好吧，那我就去跟阿

土伯話失禮……

春吉：阿土伯？阿爸，你講的對象，甘是阿菅？

村長：對啊，阿菅生的水、人勤儉、擱友孝，可惜你不甲意……

春吉：（激動）我甲意！我甲意！

村長：蛤？……（轉頭看春吉，大聲）原來……你心內的人就是阿菅？

春吉：（害羞、左顧右盼）阿爸，你嘛卡細聲一點……

村長：哈哈哈哈哈……好！真好！你免煩惱，交給阿爸來講！我看很快就可以放帖子、辦喜酒了！

△ 村民阿狗跑進。

阿狗：壞了壞了！村長，代誌大條了！

村長：阿狗？是發生啥代誌？喊的大小聲？

阿狗：（喘）村……村長，我剛才在巡田水的時候，有一個人放一張紅帖子給我……

村長伯：哼？紅帖子是有人嫁娶，這好代誌，怎會不好？

阿狗：不……不是啦，村長，這不是要請人客那種紅帖子……

村長伯：抑無（不然）是叼一種？

阿狗：你看了就知影！

△ 阿狗拿帖子給村長。

村長伯：蛤？這……這……

村長拿帖子、害怕發抖。

春吉接過去看。

春吉：（唸）「海翁寨訂到良辰吉日，來海尾庄收稅，
　　　　若見金銀財寶，人命得保，
　　　　若見刀劍武器，就莫怪阮不客氣！」

三人對看、面面相覷。

村長伯：（發抖）沒想到……平靜的海尾庄……也是會行到這
　　　　天……

春吉：阿爸，如何是好？

村長伯：海翁寨海大王，歹心毒行、心肝兇殘……

阿狗：村長，我看，咱就照伊要求，準備錢財放在庄外，換咱
　　　庄內的平安吧！

春吉：阿爸，不行！有第一次，就有第二次，伊若是感覺咱好
　　　欺負，以後不時來搶，袂安怎？咱應該跟他拚……

阿狗：村長啊，跟他硬拚，是萬萬不可！咱庄裡老人囡仔的性命，
　　　誰要負責？

村長伯：唉……錢開人毋始！錢了去，還能擱賺，性命沒去，就
　　　　什麼都沒了！

春吉：啊毋攔……

村長伯：（打斷）我吞，先來去庄內甲勢大（長輩）參詳！

燈光變化、換景。

場次	65	場景	海尾庄內	時間	2m
出場人物	阿狗叔、村長伯、眾村民（甲、乙，與幾個路人）、春吉					

△ 音效：敲鑼打鼓聲。

△ 阿狗與村民講話時，春吉在旁看。

阿狗：（敲鑼）大家注意！海賊欲來了！大家把厝內的值錢的覓件傳好，包好，放在庄外，海賊就不會甲咱為難……

村民甲：甘欸檔留些作所費？我家有老父老母，囝仔擱細漢……

村民乙：（哭）嗚嗚……這是我儉腸捏肚的辛苦錢……以後要怎麼生活？

村長伯：還是……咱庄內查甫人團結起來，和海賊拚？

△ 村民你看我、我看你。

阿狗：欸欸欸！村長，恁就考慮清楚！跟海賊拚？甘拚得贏？

村長伯：沒拚那會知？咱嘛要甲伊拚看麥！

阿狗：不行啦！（對村民）恁是欲留錢？還是要留命？（對村長）村長啊，若打輸，庄內老人囝仔的性命，你咁要負責？

村長：這……

村民甲：說的有理……

阿狗：我看咱就照海賊要的，把錢傳呼好，換庄內的安全！

△ 村裡眾人悲傷嘆息。

△ 春吉在旁看，愈看愈難過。

場次	66	場景	海邊（或其他適當場景）	時間	3m
出場人物	春吉、阿菅				

海浪聲。

春吉獨坐、憂鬱。

阿菅進。

阿菅：春吉……

春吉：阿菅？

阿菅：唉……

春吉：你為何憂煩？咁也是聽到海賊的代誌？

阿菅：（煩惱）是啊！阮阿爸很煩惱……你嘛知，阮呰散赤，根本沒值錢的覓件……

春吉：（怒）我實在毋甘願！叫庄內人甲錢交出去，甘真正會當換到性命安全？甘毋別種方法可以保護海尾？

阿菅：唉……我聽講古先生說過一個故事，一個女囝仔花木蘭，伊武功高強，為了保護老爸，代父從軍！唉……只怪我什麼攏不會，阿毋，我也想要學花木蘭，學武功，保護我阿爸！

春吉：（思考）學武功？……會記得去年我轉去將軍吃祖酒，宗親說附近的庄頭有武館，有兩位拳頭師父武功高強……還是……我來去找他們鬥三工？

阿菅：去找拳頭師父鬥三工？

春吉：（開心轉向阿菅）！這是一個好辦法！

△　音效、燈光變化。

　　　———————

△　春吉划著小船遠行。

　　口白：春吉的阿爸——吳營，決定以和為貴，希望海賊不要為難海尾庄。但是，少年春吉卻偷偷去找救兵……

場次	67	場景	海景／武館	時間	5m
出場人物	春吉、阿籃師、阿士師、練武群眾					

△　武館內眾人練武。

△　多隻偶整齊練武、眾人喊聲。（演武約一兩分鐘）

△　練到一個段落時，阿籃師、阿士師出。

　　阿籃師：武術境界，練精化氣、練氣化神，雙腳騎穩、雙手定靜、氣運丹田、拳勢入心……

△　眾偶繼續操練武術。

△　阿士師發現幕後有動靜。

　　阿士師：（兇）什麼人？

△　阿籃師抓起一隻棍子（或兵器）就往某個方向射去。

　　阿籃師：看招！

　　春吉：（躲在幕內）手下留情！我不是歹人……

　　阿籃師：明人不說暗話，出來！

△　春吉走出。

　　春吉：我姓吳，自海尾來，有事想欲拜託阿籃師、阿士師，兩

位師父……

阿籃師：阮就是！

阿土師：且說！

春吉：阮庄內遭受海賊危害，甘會駛拜託恁隨我去海尾對付海賊？

阿籃師：海賊？

阿籃師看向阿土師。

阿土師：恁海尾人打算怎麼做？

春吉：勢大認為……以和為貴！但是，我覺得「軟土深掘」，這種和平袂久長！
我想欲拜託恁來甲海賊趕走……

春吉拱手作揖懇求。

阿土師：你的要求，我無法度答應。

春吉：（驚訝）蛤？為什麼？

阿籃師：請回吧。

春吉：若是恁感覺我誠意不夠，我在這給兩位師父磕頭！

春吉下跪、磕頭。

阿土師：不需要如此！

阿籃師：（嚴肅）請起！

春吉：我不要起來！

阿籃師：就算工你跪三暝三日，嘛是同款！

春吉：為什麼？到底是為什麼恁不願意鬥三工？

阿士師：少年仔，對抗海賊，不是靠一、兩個人的力量，必須要全庄的人團結一心！

阿籃師：阮雖然懂武術，但，阮是外地人，就算願意相助，單靠兩個人，也是打不贏海賊！

春吉：但是……

阿士師：你賣擱講了！從這裡到海尾，遠水救不了近火！

阿籃師：你還是趕快回去吧……

△ 兩位武師轉身。

△ 燈光變化、春吉悲傷。

春吉：當真……毋法度改變？

△ 悲壯音效。

場次	68	場景	海尾庄外	時間	2m
出場人物	轎隊、海大王、虱目仔、赤嘴仔、小嘍囉				

△ 音效：熱鬧娶親音樂。

△ 轎隊出現，虱目仔、赤嘴仔走前，海大王跟在其後，大搖大擺。

口白：吉日良辰來娶親，等待海尾發萬金，兩府結成好姻緣、平安富貴萬萬年，海翁寨、海大王，來——了——

△ 大批的娶親人馬，繞場，八音吹動，熱鬧非凡。

場次	69	場景	海尾庄內	時間	3m
出場人物	轎隊、海大王、虱目仔、赤嘴仔、村長、阿狗、阿土伯				

△ 音效：續上場。

△ 地上擺了不少麻袋、財寶，眾村民（阿狗、阿土伯等）站在原地，害怕地等待著。

△ 轎隊進來、停轎。海大王大搖大擺進。

海大王：威震溪北到溪南，放帖交錢買心安，金銀財寶隨手劫，人人驚我海翁來，吾乃是海翁寨寨主海大王，佔海為王，四處打劫，所到之處，不曾空手而歸。今日來到海尾庄，吾就欲來看麥，海尾人的誠意到叨位？甘可以給我滿載而歸？

虱目仔：來人啊，甲恁欲要孝敬大王的禮數，攏搬來轎頂！

△ 村民、阿狗陸續抬了幾大袋金銀財寶，海大王滿意的點頭。

虱目仔：嘿嘿嘿！算恁擱知影好歹。

△ 阿土伯只拿了小小一袋，害怕。

海大王：（不滿）哼？

虱目仔：你！怎麼拿這麼少？是看阮不起？

阿土伯：沒啦……阮叨……真的很散赤……

赤嘴仔：我不相信！兄弟們，咱甲伊押起來，去他家翻翻欸，看伊甘有講白賊！

眾海賊：（喊）好——

△ 眾海賊押住阿土。

阿土伯：救命啊！救命啊——

△ 迎親音效再起。

△ 熱鬧八音中,眾海賊押著阿土伯叫囂離場。

△ 村長與阿狗在後,緊張。

阿狗:村長,阿土伯乎押去了,這聲欲安怎?

村長:我就跟你說應該甲因拚!來啦,咱緊去鬥三工!

△ 村長跑走。

阿狗:(害怕無奈)蛤……欲去相打喔……

△ 阿狗無奈出場。

場次	70	場景	阿土伯的家	時間	7m
出場人物	海大王、虱目仔、赤嘴仔、阿土伯、村長、阿菅、阿狗					

△ 音效:拳打腳踢。

△ 虱目仔、赤嘴仔抓著阿土伯,阿土伯哀號。

虱目仔:把錢交出來!

阿土伯:麥擱打了……就算你甲我打死,我也沒錢啊!阮叨就是這麼窮,你自己看……

海大王:哼!甲伊放開!

△ 虱目仔、赤嘴仔把阿土伯摔到路邊。

△ 村長跑進來,躲在旁邊偷看。

△ 阿菅衝出來扶父親。

阿菅:阿爸!阿爸!你有安怎沒?

阿土伯:(兇)憨囝仔,妳出來做啥?緊進去……

阿菅：阿爸……

△ 海大王注意到阿菅。

海大王：欸？……想不到在這種庄腳所在，還有這呢水的女孩子？

赤嘴仔：啊！就是伊，彼天吞到的水姑娘仔，就是伊！

大王，我那份金銀財寶，免給我了，這個姑娘仔給我就好了！

海大王：哼！就憑你？

△ 大王把赤嘴仔踢飛。

赤嘴仔：（慘叫）唉呀————

△ 大王走向阿菅，左右觀察。

海大王：（邪笑）嘿嘿嘿嘿嘿……這種白泡泡、幼咪咪、有氣質的美女，尚適合我海大王帶回去當押寨夫人了，大家說，對不對？

眾人：對！

△ 海大王抓住阿菅。

阿菅：甲我放開！你這個惡人，甲我放開！

海大王：（柔聲）好！我甲你放開。

△ 海大王轉身抓住阿菅的爸爸（阿土伯）。

海大王：（兇惡）你若是不答應，我，就把恁阿爸抓回去做苦力！

阿菅：（緊張）阿爸！甲我阿爸放開！（無奈）……我……我……跟你回去就是！

海大王:哈哈哈哈哈!果然是一個友孝的女孩子,我甲意!來人啊,把女孩子請上轎,即刻回寨,辦喜酒囉!哈哈哈哈哈……

阿土伯:(哭)阿菅——我的女兒——

△ 村長伯衝出來,阿狗跟在後。

村長:阿狗!咱來去救人!

阿狗:(發抖)我……我……我毋敢啦……

村長伯:(對阿狗,怒)你不去,我去!(對海賊喊)給我閃開!這是我未來的媳婦,我絕對不能讓你為非參做!

△ 村長伯跑過去,把阿菅拉開。

村長伯:阿菅,緊走,阿土仔,帶恁女兒跑!跑愈遠愈好!

阿菅:村長伯……

村長伯:阿菅,阮叨的春吉仔,就麻煩你多照顧了!

阿土伯:村長,多謝你……阿菅,緊走!

△ 阿土伯帶著阿菅離開。

△ 海大王大怒。

海大王:(怒)哼?你想要出頭?我就讓你知道我海大王的厲害!

村長伯:哼!我吳營鋤頭拿一世人,嘛不是肉雞,我就跟你拚了!我的老命配你的罄肉粽!

△ 村長伯拿起鋤頭打海大王,打的有聲有色,村長伯甚至打了海大王好幾下。

△ 眾小兵在旁邊看。

△ 村長伯使出糾纏爆打的爛功夫、打海大王。

海大王：（怒）我養恁這群飯桶！擱在旁邊看？

虱目仔：啊！緊去救大王啦——

△ 眾小兵湧上幫忙。

△ 大家把村長伯抓起來。

阿狗：（發抖）啊……我還是趁現在，先找所在覓起來——

△ 阿狗想偷溜，被虱目仔發現、抓住。

阿狗：（慘叫）救命啊——

虱目仔：海大王，這裡擱一隻！

海大王：把頭斬下來、丟去大海餵魚！

阿狗：饒命！饒命啊！我……我投降！我跟你做海賊、不要殺我！

△ 大家愣住。

海大王：哈哈哈哈哈！算你巧，投降，我就留你一條狗命，自此開始，你就做我海翁寨裡面的一隻狗！

阿狗：做牛嘛好、做狗嘛好，別殺我，攏好……

海大王：哈哈哈哈哈……哈哈哈哈哈……

△ 海大王轉身對村長。

海大王：看到沒？你這攏小小村長，投降，擱欲當留一條狗命！

村長伯：呸！叫我投降？毋可能！

海大王：（怒）蛤？

村長伯：恁這群作惡多端的惡人，一定會有報應！不得好死！

海大王：可惱啊——莫怪我對你不客氣！

△ 海大王與眾人打村長，村長奮力抵抗。

△ 阿狗害怕、不敢相助。

村長：天公伯！大道公！請您保庇海尾庄，我……我……我只能擋到這裡了……

△ 燈光變化，火光效果、戰場效果。

△ 音效：刀劍聲、殺聲、哀號。

中場休息十分鐘

場次	71	場景	海景（同第一場）／海尾庄	時間	6m
出場人物	春吉、阿菅、釣魚老翁					

口白：天有不測風雲、人有旦夕禍福，春吉仔認為不應該放任海賊予取予求，所以駛船去外地找救兵，沒想到，救兵沒找到，庄內也遭遇不測……

△ 春吉划著小船回來。

△ 燈光變化，紅光閃爍，象徵海尾的不平靜。

春吉：奇怪，庄頭的方向，怎麼有火光……甘講是海賊打過來？慘了！

音效：緊張的效果。

春吉加速前進，行船下場。

換景：海尾庄／火光熊熊、屋舍被焚。

春吉跑進，看到庄內一片狼藉，悲傷難耐。

春吉：（傷心大喊）啊——海尾庄……怎會熊熊變這款模樣？大家是去叨位啊？那會一個人攏無？

村長吳營倒在角落。

春吉：伊是……（害怕發抖）伊甘是……

春吉衝過去，發現是父親，激動、扶起、哭喊。

春吉：阿爸……阿爸……你醒來甘好？你醒來甘好？（哭喊）阿爸啊———
可惡的海賊，我一定要報仇！我一定要找恁報仇——

音效：悲壯音效、燈光變化，映照在春吉臉上，營造悲怕效果。

春吉起身，往場外跑。

———————

換景回海景。

春急欲登上竹筏。

阿菅急忙進，追上。

阿菅：春吉！春吉！等一下！

春吉：（回頭）……阿菅？（驚喜）妳平安無事？

阿菅：不只是我，咱庄內的人，攏平安。

春吉：太好了！恁是安怎逃過海賊的魔掌？

阿菅：海賊毋敢放火燒廟，所以，大家都躲在公廟附近，攏毋受傷！

春吉：（驚喜）這樣就好……
（壓抑情緒，深呼吸、嚴肅聲）妳來欲衝啥？快回庄裡，外面危險……

阿菅：你要去叨位？

春吉：我……你不要管我！

阿菅：你咁是要去報仇？

春吉：（轉身背對）我……

阿菅：你一個人，是欲安怎報仇？

春吉：你不要管我！我……我……我不但沒請到師父來鬥三工，還害死阿爸……攏是我的不對、攏是我的不對……

△ 春吉蹲下、身體激動顫抖（哭泣）。
△ 阿菅輕拍他，安慰。

阿菅：你千萬不通按呢想！這跟你沒關係！你一個人赤手空拳，若去海翁寨，恐驚嘛有殺身之禍！

春吉：殺父之仇不共戴天，若不報仇，我哪對的起阿爸？

阿菅：先回庄內，找大家參詳……

春吉：庄內人不是養魚就是種田，無能力對付海賊，我嘛毋想欲害他們……但是……叫我什麼都不做，是不可能的！（對天喊）天公伯啊……大道公啊……我應該怎麼做才好？我應該怎麼做才好？

☆ 音樂：奇異音效，燈光轉換。
☆ 一艘小船上有一拿著釣竿的老翁，慢慢地朝春吉划來。

老翁：少年仔！拜託你不要喊的那麼大聲好否？魚仔本來攏在我的船邊，結果你在喊落到底、大小聲、整群遂驚到走了了⋯⋯那不好好講？一定要用喊的？

阿菅：阿伯、失禮啦，阮庄內遇到海賊，阮的村長⋯⋯伊的阿爸⋯⋯嗚嗚⋯⋯

阿菅也忍不住悲傷。

春吉激動難抑。

老翁：（長長嘆一口氣）唉⋯⋯魚跑了，攔抓就有，人若走了，就再毋機會囉！
少年仔，做代誌，要看卡久長。
你甘有想過為什麼海賊敢欺負恁？

春吉：因為他們有刀有槍！但是阮庄內⋯⋯只有老實的做事人，沒材調反抗⋯⋯

老翁：為什麼做事人，就無材調反抗？
為什麼種田人就無法度練武功？

春吉：蛤？⋯⋯（恍然大悟）
對，若是在庄內設武館，查晡郎做伙練功夫，就可以守護家園！

老翁：哈哈哈哈哈⋯⋯（點頭同意）
若想欲有平安、順遂的未來，就要改變自己、改變海尾庄⋯⋯

春吉：（喃喃自語）改變自己、改變海尾庄？

劇本六

△ 老翁慢慢划船離去。

春吉：且慢！老前輩，請問你是……

老翁：保護庄內心要定，生死有命意要靜……記著！要堅定、要堅持……

△ 老人消失。（最好消失之處有煙霧效果，引發神幻感）

場次	72	場景	海翁寨內	時間	2m
出場人物	海翁寨、虱目仔、赤嘴仔、小嘍囉				

△ 眾嘍囉將收穫的布袋一一拿出、阿狗也被捆住跟布袋放在一起。

△ 海大王滿意點頭。

海大王：嘿嘿嘿……這次收了真好，虱目仔，你做甲袂壞！

虱目仔：多謝大王！

海大王：賞你黃金十兩！

虱目仔：（叩謝）多謝大王！

赤嘴仔：啊……大王，啊我咧？

海大王：你不是講不要金銀財寶，要人？按呢，這摳人就送你！

△ 阿狗被丟給赤嘴仔。

赤嘴仔：蛤？伊？我才不要！

海大王：這隻走狗，以後就交給你管，叫伊做最粗重的苦功！
眾兄弟，咱來去慶祝吧！

眾人歡呼：（齊喊）好──

△ 眾人離去，留下赤嘴仔與發抖的阿狗。

赤嘴仔：（怒）你這個狗奴才……以後，我呷肉、你就哺骨頭，我呷飯、你就吃屎！

△ 赤嘴仔生氣離去。

△ 燈光特寫阿狗。

阿狗：為了擱會當喘一口氣，為了擱會當活下去……唉……嘛要甲……吞落去……

△ 阿狗悲傷。

場次	73	場景	頂山仔武館（同S9）	時間	3m
出場人物	阿籃師、阿士師、春吉					

△ 武館內，練武中。

△ 阿籃師、阿士師正共人調整武術動作。

△ 春吉進。

春吉：阿籃師、阿士師，我是海尾來的吳春吉，這次，我是要來拜託恁，教海尾的人練武陣！若是海尾會使組一個武陣，就可以靠自己保衛庄內的安全！

△ 阿籃師、阿士師對看，點頭。

阿籃師：你總算理解這個道理！只有團結，才有力量！

阿士師：這樣，咱就來去「海尾」，將阮所學的「宋江」，傳授給恁！

春吉：（感動）……兩位師父，多謝恁！多謝恁！請受我一拜！

△ 春吉跪下。

△ 兩位師父把他扶起。

　　阿士師：阮會助恁練成「海尾宋江陣」！

△ 音效：立志、激昂、振奮精神的音樂。

場次	74	場景	海尾庄／舞台實景	時間	6m
出場人物	阿士師、阿籃師、宋江戲偶					

△ 音效：續上場，加上宋江鼓聲。

　　阿士師：宋江，是依「梁山泊一百零八條好漢」攻城戰術來作設計，是按中國傳來，加上鄭成功「藤牌兵」本土的招數，演化成今仔日的「宋江陣」。「練宋江，心要正」，記住，練武不是要殺人，是要「救人」！

　　眾人：（喊）是！

　　阿籃師：宋江陣裡的武器，各有各的意義，頭旗、雙斧、棍、耙、刀、盾牌、雙劍甚至是雨傘，各自適合不同的體格、也有特殊的步數！

△ 接下來依照兵器演武。

△ 宋江戲偶，依序演武。

　　阿士師：咱這派，第一門兵器，就是雙斧！
　　　　　　拿雙斧的人，是黑旋風「李逵」，是全隊武藝尚高強的人，在陣式中所站的位置，一定是在頭旗的旁邊，有保護頭旗的功用，戰爭中要做最後的革鬥，以免頭旗被奪。拿雙斧的人，必須是有正義感的忠義之士，膽識高、漢草勇，才有資格來拿。

△ 演繹雙斧。

阿籃師：頭旗，是總司令旗，由「宋江」這個角色所拿。在宋江陣的兵器裝備中，是領導指揮的中心，不但要引領全隊，還要帶動全隊的士氣，進攻時頭旗在全隊的正中心，被包圍時決不可以被拿走！所以拿頭旗的人，必須反應靈敏，武藝高強，而且具有領導能力！操練頭旗，是槍法、棍法並用，虎虎生風，讓敵人望之膽寒！

△ 演繹頭旗。

阿籃師：盾牌和短刀，是由「藤牌兵」演變而來，曾有過攻破羅剎國的光榮記錄，是台灣特殊的兵器，將藤編盾牌抓在左手護身，右手執短刀攻擊敵人，訓練時非常嚴格，在清兵與鄭成功作戰的幾十年內，「藤牌兵」發揮真大的防禦功能，在武陣中是主要的戰力。

△ 演繹盾牌與短刀。

阿士師：耙，原本是「禪杖」變化而來，形似半月，所以又叫做「月牙鏟」，可以攻擊，又適合防守。攔有官刀斬腰，鉤刀掃馬腿、雙刀、雙鐧可攻可防，每一種兵器都有其特殊的功用……

△ 各組分別演繹，再集合演武。

眾人喊：守護地方，土匪海賊不敢進，萬眾齊心，海尾練成宋江陣！

△ 殺啊──殺啊──

△ 宋江鼓、練武的喊聲。

場次	75	場景	海翁寮	時間	4m
出場人物	海大王、眾嘍囉、阿狗				

△　海翁寨內，詭異陰森的音效、燈光。

△　海大王坐大位，旁邊有數位嘍囉，阿狗也在。

海大王：時間已過歸落冬，海尾女人香……
這個世間竟然有我海大王搶袂到的東西！欲想欲
氣——欲搶無，我就欲想欲搶！

虱目仔：大王，麥受氣，明仔日剛好是月圓之夜，正是「出門」
的好時機……

海大王：這呢督好？這次毋免放帖子通知！眾兄弟，咱真刀真
槍、明仔日來去海尾，殺人放火、搶錢搶人！

眾人：（喊）好——

海大王：若是有人敢把消息走漏出去……
我就甲伊剁做一塊一塊！丟到海裡餵魚！

眾人：（喊）好——

海大王：今晚，飲乎夠、睡乎飽，明仔日，去做一個大場的！

眾人：（歡呼）好——

△　眾人離去。

△　阿狗發抖。

△　燈光變話、內心獨白（需有 echo 回音）。

阿狗內心獨白：阿狗啊阿狗，你咁真正一世人欲在這做走狗？

你咁擱會記，海尾庄的囝仔伴？

你咁擱會記，厝邊的三叔公、五嬸婆，甲你的親戚勢大？

你是擱欲呷一嘴青飯?還是用你不值錢的狗命,換人命?

△ 阿狗激動發抖。

場次	76	場景	田園	時間	5m
出場人物	春吉、阿菅、阿狗					

△ 戲台燈光轉換。

△ 音樂:田園音樂。

△ 春吉正揮汗種田。

△ 阿菅進、遠遠喊。

阿菅:(喊)春吉!休睏啊,呷飯囉!

春吉:我擱不么(餓),你先呷……

阿菅:(煩惱)你逐工擺在暗館練到那麼晚,日時又做甲這麼累,身體甘凍欸住?

春吉:阿菅妳免煩惱!逐工練,身體顛倒(反而)愈練愈好,若無卡認真,安怎保護庄頭、保護某子?

△ 春吉發現有動靜。

春吉:有人影!什麼人?給我出來!

△ 阿菅躲到春吉身後。

△ 躲在一旁的阿狗走出來。

春吉:你是……阿狗!?

△ 阿狗尷尬地低下頭。

春吉:你這個海尾庄的叛徒!我老爸被海賊打死,你竟然跟他

們走？擱敢回來？

△ 春吉衝過去爆打阿狗，阿狗卻沒反抗。

△ 阿菅拉住春吉。

阿菅：好了啦，春吉，別甲打……

春吉：（怒）叛徒！

阿狗：你把我打死吧！我對不起你！對不起老村長……我不求恁原諒……

春吉：我嘛袂原諒你！你擱回來衝啥？

阿狗：我這次，是想欲用這條老命來換庄裡的安全……

春吉：講乎清楚！

阿狗：今晚，海翁寨的海賊擱欲來啊！這次，長槌短棍全部改換做真刀真槍，海大王是起雄心，這次……伊不只要搶錢，擱欲搶人！伊想欲把阿菅捉去做壓寨夫人！

春吉：（大怒）什麼？

阿狗：緊找個安全的所在，把阿菅藏起來，尚好是叫大家包袱款款覓去別位，今晚不要回來……

春吉：我為什麼要相信你這個叛徒？

阿狗：唉……阿狗叔對不起你，但是阿狗叔毋騙你！老實跟你說，通風報信，我嘛是死路一條，所以，以後，我袂擱再出現了，請恁小心、保重……

△ 阿狗黯然轉身離開，走沒兩步又回頭叮嚀。

阿狗：海賊殺人不眨眼，你千萬不能冒險……

△ 阿狗離開。

△ 阿菅、春吉目送,阿菅覺得不捨。

　　阿菅:春吉,伊雖然做過不對欸代誌,但是……你咁會記阿爸講
　　　　過,海尾人就是互相照護、互相放伴?咱細漢時……嘛攏
　　　　在阿狗叔的身軀邊跟前跟後啊……

△ 春吉思考片刻,追上。

　　春吉:(喊)阿狗叔!

△ 阿狗停步。

　　春吉:你若是真正想欲用命,來換庄裡的安全,你就留下來!

　　阿狗:(又驚又喜)蛤?

　　春吉:你若是認為你是海尾人,就留下來,做伙拚!
　　　　這次,海尾已經毋同款了!

△ 燈光特寫阿狗、春吉。

△ 慷慨激昂、鼓舞人心的配樂進。

場次	77	場景	海尾庄	時間	7m
出場人物	轎隊、海大王、虱目仔、赤嘴仔、小嘍囉、宋江陣偶(庄民)、阿土伯、大道公(神)					

△ 本場與之前 S9 場整體配置是一樣的。

△ 轎隊出現,虱目仔、赤嘴仔走前,海大王跟在其後,大搖大擺。

　　赤嘴仔:吉日良辰來娶親、等待海尾發萬金,兩府結成好姻緣、
　　　　　平安富貴萬萬年,海翁寨、海大王,來——了——

　　海大王:嘿嘿嘿嘿嘿……這花轎,今仔日欲來載水姑娘!

△　此時可看到海尾庄的宋江陣開始出現、埋伏在周遭。

虱目仔：大王……我感覺海尾庄頭的氣氛怪怪……

赤嘴仔：哪有什麼怪？

△　「海尾鼓聲」響起。

海大王：什麼聲音？

春吉：（喊）圍起來！

△　春吉率領村民出現。

春吉：（威嚴）這是阮「海尾鼓」的鼓聲！
　　　海賊王！看功夫！

△　海尾宋江陣的偶從四面八方入，圍繞海大王、赤嘴仔、虱目仔。

△　眾人打鬥。

△　宋江陣使出各種招數，耍刀槍、打藤牌皆可（打約數分鐘）。

△　海翁寨的海賊們，終不敵海尾宋江陣，一一倒下。

海大王：救命啊！救命啊！

赤嘴仔：大王……我……我的性命重要，拍謝，我先溜了──

△　話沒說完，赤嘴仔也被打倒。

赤嘴仔：（慘叫）厄啊──

△　舞台上散落著數個盜賊屍體（請延續到本場結束，代表大多數盜賊已受報應，僅餘海大王未死。）

△　海大王想逃，被宋江陣團員左右架住。

海大王：饒命啊、饒命啊……

春吉：哼！去陰曹地府跟閻羅王講吧！阿爸，我要為你報仇了！

春吉將手上的兵器高高舉起、對準海大王。

海大王：饒——命——啊——

春吉：納——命——來——

燈光變化、噴煙，營造神幻效果。

煙霧中，海尾大道公（或神佛形象）出現。

音效：神樂。

大道公說話時要有 echo 回音。

大道公：冤冤相報何時了？怨怨不平無處消！因果只為貪嗔癡，誰曾行過奈何橋？海大王！你！咁會記這種感覺？這種驚惶的感覺？

海大王：我……我這世人，不曾如此驚惶……

大道公：每一個乎你殺死的人，攏經過這種驚惶、攏感受到你無法體會的痛苦。你手起刀落，一條寶貴的性命，就毀在你的手中！一個完滿的家庭，就家破人亡！你的雙手染到千百人的血！

海大王：（激動）我……我……

大道公：這，就是你的報應！
　　　　刀起刀落，結仇報仇，冤冤相報，永無止休。
　　　　吳——春——吉——你，就為你的父親報仇吧——

驚惶音效、燈光變化。

春吉聽到此言、愣住、拿刀的手微微發抖。

海大王跪在地上、害怕發抖。

大道公：若是心中只有冤仇，武術就是殺人工具，和盜賊、土匪，
　　　　並沒什麼不同。

春吉：蛤？

神：慈悲為懷展大愛，心繫眾生渡苦海。要怎麼做，但看你的
　　智慧！

△　煙霧、燈光變化，聖樂消失。

△　燈光投射：春吉欲殺海大王的手停下來，深思。

春吉：若是心中只有冤仇，武術就是殺人工具，我，和海賊……
　　　相同？
　　　練宋江，是要殺人？還是幫助人？

△　春吉仍然高高舉著刀，手在發抖、深思。

△　海大王徹悟。

海大王：原來……是這呢痛苦、驚惶……原來……我害到那麼多
　　　　人……
　　　　是我不對……
　　　　你，就將我殺死吧！這是我的報應，殺人，就應該賠
　　　　命……

△　春吉猶豫片刻，卻放下刀。

△　音效：刀子掉落、鏗一聲。

春吉：你走吧。

海大王：（驚訝）蛤？

△　海大王驚訝抬頭。

春吉：舉頭三尺有神明，人在做、天在看！

△ 盼你悔改,好好做人!

阿土伯:春吉,甲伊放去,甘好?

春吉:現在,咱已經有能力保護自己了!若海賊擱敢來,我們海尾寮的宋江兄弟,絕對不會放因煞(放過他們)!

眾人放開海大王。

海大王離去。

春吉:我想……咱要甲「宋江陣」的武術精神傳出去,讓附近的庄頭都有能力組自己的武館,甚至是武陣,大家就不用擱驚海賊、土匪!

阿土伯:對!這是一個好辦法!大家說好不好?

眾人:好——

△ 眾人歡呼。

音效:海尾宋江鼓聲、熱鬧音樂。

場次		場景	謝幕場	時間	5m
出場人物	戲偶謝幕				

口白:自此以後,「海尾」設立很多武館,將武術傳去附近有需要的庄頭,大家日時種田養魚,暗時,就到「暗館」練武。附近庄頭都會聽到海尾寮的「宋江鼓聲」以及「兵器操練的聲音」,「沒看過海尾斧,也要聽過海尾鼓」這句話,愈來愈出名。為著感念神明的庇蔭,「海尾宋江陣」現在是「海尾大道公」的駕前武陣,甲神明共同守護地方,已經有超過一百年的歷史。

△ 戲偶、藝師,謝幕。

拾萃　　　　　　　　　　臺江風雲——戲說海尾宋江陣

△　主演謝幕。

　　主演：沒通看過海尾斧，也要聽過海尾鼓，
　　　　　台江精神相放伴 代代世世永流傳！

（劇終）

臺南作家作品集全書目

● 第一輯

1	我們	・黃吉川 著	100.12	180元
2	莫有無——心情三印一	・白　聆 著	100.12	180元
3	英雄淚——周定邦布袋戲劇本集	・周定邦 著	100.12	240元
4	春日地圖	・陳金順 著	100.12	180元
5	葉笛及其現代詩研究	・郭倍甄 著	100.12	250元
6	府城詩篇	・林宗源 著	100.12	180元
7	走揣臺灣的記持	・藍淑貞 著	100.12	180元

● 第二輯

8	趙雲文選	・趙雲 著・陳昌明 主編	102.03	250元
9	人猿之死——林佛兒短篇小說選	・林佛兒 著	102.03	300元
10	詩歌聲裡	・胡民祥 著	102.03	250元
11	白髮記	・陳正雄 著	102.03	200元
12	南鵲是我，我是南鵲	・謝孟宗 著	102.03	200元
13	周嘯虹短篇小說選	・周嘯虹 著	102.03	200元
14	紫夢春迴雪蝶醉	・柯勃臣 著	102.03	220元
15	鹽分地帶文藝營研究	・康詠琪 著	102.03	300元

● 第三輯

16	許地山作品選	・許地山 著・陳萬益 編著	103.02	250元
17	漁父編年詩文集	・王三慶 著	103.02	250元
18	烏腳病庄	・楊青矗 著	103.02	250元
19	渡鳥——黃文博臺語詩集1	・黃文博 著	103.02	300元
20	噍吧哖兒女	・楊寶山 著	103.02	250元
21	如果・曾經	・林娟娟 著	103.02	200元
22	對邊緣到多元中心：台語文學ê主體建構	・方耀乾 著	103.02	300元
23	遠方的回聲	・李昭鈴 著	103.02	200元

● 第四輯

24	臺南作家評論選集	・廖淑芳 主編	104.03	280元
25	何瑞雄詩選	・何瑞雄 著	104.03	250元
26	足跡	・李鑫益 著	104.03	220元
27	爺爺與孫子	・丘榮襄 著	104.03	220元
28	笑指白雲去來	・陳丁林 著	104.03	220元
29	網內夢外——臺語詩集	・藍淑貞 著	104.03	200元

● 第五輯

30	自己做陀螺——薛林詩選	・薛林 著・龔華 主編	105.04	300元
31	舊府城・新傳講——歷史都心文化園區傳講人之訪談札記	・蔡蕙如 著	105.04	250元

32 戰後臺灣詩史「反抗敘事」的建構	・陳瀅州 著	105.04	350元
33 對戲・入戲	・陳崇民 著	105.04	250元

● 第六輯

34 漂泊的民族——王育德選集	・王育德 原著・呂美親 編譯	106.02	380元
35 洪鐵濤文集	・洪鐵濤 原著・陳曉怡 編	106.02	300元
36 袖海集	・吳榮富 著	106.02	320元
37 黑盒本事	・林信宏 著	106.02	250元
38 愛河夜遊想當年	・許正勳 著	106.02	250元
39 台灣母語文學：少數文學史書寫理論	・方耀乾 著	106.02	300元

● 第七輯

40 府城今昔	・龔顯宗 著	106.12	300元
41 台灣鄉土傳奇 二集	・黃勁連 編著	106.12	300元
42 眠夢南瀛	・陳正雄 著	106.12	250元
43 記憶的盒子	・周梅春 著	106.12	250元
44 阿立祖回家	・楊寶山 著	106.12	250元
45 顏色	・邱致清 著	106.12	250元
46 築劇	・陸昕慈 著	106.12	300元
47 夜空恬靜一流星 台語文學評論	・陳金順 著	106.12	300元

● 第八輯

48 太陽旗下的小子	・林清文 著	108.11	380元
49 落花時節——葉笛詩文集	・葉笛 著・葉蓁蓁 葉瓊霞 編	108.11	360元
50 許達然散文集	・許達然 著 莊永清 編	108.11	420元
51 陳玉珠的童話花園	・陳玉珠 著	108.11	300元
52 和風人隨行	・陳志良 著	108.11	320元
53 臺南映像	・謝振宗 著	108.11	360元
54 【籤詩現代版】天光雲影	・林柏維 著	108.11	300元

● 第九輯

55 黃靈芝小說選（上冊）	・黃靈芝 原著・阮文雅 編譯	109.11	300元
56 黃靈芝小說選（下冊）	・黃靈芝 原著・阮文雅 編譯	109.11	300元
57 自畫像	・劉吶 著・曾雅雲 編	109.11	280元
58 素涅集	・吳東晟 著	109.11	350元
59 追尋府城	・蕭文 著	109.11	250元
60 台江大海翁	・黃徙 著	109.11	280元
61 南國囡仔	・林益彰 著	109.11	260元
62 火種	・吳嘉芬 著	109.11	220元
63 臺灣地方文學獎考察——以南瀛文學獎為主要觀察對象	・葉姿吟 著	109.11	220元

● 第十輯

64 素朴の心	・張良澤 著	110.05	320元
65 電波聲外文思漾——黃鑑村（青釗）文學作品暨研究集	・顧振輝	110.05	450元
66 記持開始食餌	・柯柏榮 著	110.05	380元
67 月落胭脂巷	・小城綾子（連鈺慧）著	110.05	320元
68 亂世英雄傾國淚	・陳崇民 著	110.05	420元

● 第十一輯

69 儷朋／聆月詩集	・陳進雄・吳素娥 著	110.12	200元
70 光陰走過的南方	・辛金順 著	110.12	300元
71 流離人生	・楊寶山 著	110.12	350元
72 臺灣勸世四句聯—好話一牛車	・林仙化 著	110.12	300元
73 台南囝仔	・陳榕笙 著	110.12	250元

● 第十二輯

74 李步雲漢詩選集	・李步雲 著・王雅儀 編	111.12	320元
75 停雲——粟耘散文選	・粟耘 著・謝顗 編選	111.12	360元
76 解剖一隻埃及斑蚊	・王羅蜜多 著	111.12	220元
77 木麻黃公路	・方秋停 著	111.12	250元
78 竊笑的憤怒鳥	・郭桂玲 著	111.12	220元

● 第十三輯

79 拈花對天窗—龔顯榮詩集	・龔顯榮 著・李若鶯 編	112.10	250元
80 我在；我在鹽鄉種田	・林仙龍 著	112.10	360元
81 向文字深邃處摘星——華語文學評論集	・顏銘俊 著	112.10	300元
82 記述府城：水交社	・蕭 文 著	112.10	280元
83 往事一幕一幕	・許正勳 著	112.10	280元
84 南國夢獸	・林益彰 著	112.10	360元

● 第十四輯

85 拾遺集	・龔顯宗 著	114.08	250元
86 每個晨讀都是簡樸的邀請	・蔡錦德 著	114.08	300元
87 毋‐捌‐‐ê	・陳正雄 著	114.08	250元
88 再來一杯米酒	・鄭清和 著	114.08	350元
89 司馬遷凝目注視	・周志仁 著	114.08	300元
90 拾萃	・陸昕慈 著	114.08	350元

臺南作家作品集 90（第 14 輯）06　拾萃

作者　　　陸昭華
總監　　　葉雅玲
督導　　　林韋旭・林奎甲・方敏華
主編委員　王建國・陳昌明・汪志萍・田維新・張良澤
執行編輯　王世宗・李承燁・劉克榮・陳南宏

社長　　　邱宜雯
執行編輯　王威智
封面設計　蔡佳豆
內頁編排　趙小芳

出版　　　臺南市政府文化局
　　　　　行政中心｜708201 臺南市安平區永華路二段 6 號 13 樓｜06-2991111
　　　　　業務中心｜730210 臺南市新營區中正路 23 號 5 樓｜06-6324453
　　　　　網址｜https://culture.tainan.gov.tw/
　　　　　蔚藍文化出版股份有限公司
　　　　　110408 臺北市信義區基隆路 1 段 176 號 5 樓之 1｜02-22431897
　　　　　臉書｜https://www.facebook.com/AZUREPUBLISH/
　　　　　讀者服務信箱｜azurebks@gmail.com

總經銷　　大和書報圖書股份有限公司
　　　　　24890 新北市新莊區五工五路 2 號｜02-89902588

法律顧問　眾律國際法律事務所
著作權律師　范國華律師
　　　　　電話｜02-27595585
　　　　　網站｜www.zoomlaw.net
印刷　　　世和印製企業有限公司

定價　　　新臺幣 350 元
初版一刷　2025 年 8 月

ISBN　　　978-626-7719-24-4（平裝）
GPN　　　1011400661｜臺南市政府出版品編號 L174｜局版號 2025-815

著作權所有，翻印必究　　　　　　　　本書若有缺頁、破損、裝訂錯誤，請寄回更換。